CLOVIS NICACIO

UMA FANTASIA ADULTA

A FADA DA VARINHA
Uma Fantasia Adulta

Clovis Nicacio

CASA DO ESCRITOR

São Paulo
2019

A Fada da Varinha
Uma fantasia adulta
de *Clovis Nicacio*

Editor
Eldes Saullo

Projeto Gráfico e Editorial
Casa do Escritor
casadoescritor.com.br

Dados Internacionais de Catalogação na Publicação (CIP)
(eDOC BRASIL, Belo Horizonte/MG)

N582f   Nicacio, Clóvis, 1958-.
     A fada da varinha: uma fantasia adulta / Clóvis Nicacio. – São Paulo, SP: Casa do Escritor, 2019.
     14 x 21 cm

     ISBN 978-85-922293-9-9

     1. Ficção brasileira. 2. Literatura brasileira – Romance. I. Título.

     CDD B869.3

Elaborado por Maurício Amormino Júnior – CRB6/2422

Índice

Ruínas

Parei o taxi no pátio externo da mansão, cerca de cem metros antes das paredes carbonizadas. Fora do carro tive uma visão melhor do estrago. Poucos pedaços de paredes sobravam em pé. O fogo consumiu todos os materiais usados algum dia para manter aquela construção em pé, incluindo madeira e tijolos. Pelo tamanho da área coberta por destroços, a mansão devia ter sido um lugar imponente antes do incêndio.

Meu melhor amigo, o passageiro desta manhã, se aproximou trazendo os equipamentos retirados do porta-malas. Uma pá, uma picareta, um treco com jeito de cortador de grama e uma mochila nas costas com lanternas e outros apetrechos menores. Não pareciam muito pesados. Eu permanecia só observando e deixando minha imaginação rolar. Perguntei:

— Mauro, o que aconteceu aqui?

— Ninguém sabe direito. Nem como a mansão surgiu e nem como desapareceu. Tinha uma chácara pequena aqui. Encontrei o registro na Prefeitura. Era uma casa com três quartos, sala, cozinha, banheiro e uma garagem grande. Devia ter mais algum cômodo, mas os antigos donos não atualizaram a planta. Eles se mandaram tem dois anos, quando o Banco tomou a propriedade.

— Então alguém comprou do Banco e construiu uma mansão.

— Eu pesquisei. Não teve compra nenhuma, pelo menos registrada. Entrevistei todos os vizinhos, até alguns distantes. Segundo alguns esta mansão apareceu do nada, como se fosse mágica.

— Estou entendendo, Mauro. Você está usando seu faro jornalístico numa história cheia de mistérios. Como achou esta?

— Um colega da faculdade morando aqui perto comentou. Estou usando isso para montar meu TCC. Será o melhor, você vai ver. Vou arrasar na minha formatura no final deste ano.

Felipe chutava algumas pedras da construção, para se distrair, evitando o trabalho pesado.

— Não perco sua formatura por nada. Conta mais. Qual a sua teoria?

— Tem essa estrada vicinal pela qual viemos, onde é normal passar caminhões. Um cara com muito dinheiro poderia contratar uma construtora grande, para trazer material de fora e construir bem rápido. Os vizinhos nem iriam perceber. Esse cara cheio da grana invadindo uma propriedade no meio do mato, sugere estar se escondendo. Devia ser um traficante ou coisa parecida. Usando algum laranja para negociar com o Banco, se tivesse tempo suficiente.

— Ok, futuro jornalista. Isso explica o surgimento mágico. Mas e o desaparecimento? Combustão espontânea?

— Tempestade elétrica, meu caro Capitão América. Meus entrevistados disseram ter ouvido vários trovões seguidos. A mansão devia ter muitos para-raios, atraindo a tempestade. Recebeu uma sobrecarga de relâmpagos, provocando o incêndio. Isso foi há dois meses. Um caminhão dos bombeiros e duas unidades da Polícia Florestal vieram de Mairiporã para o resgate, mas demoraram quase três horas até chegarem. Teve queda de barreiras e muitas arvores caídas pelo caminho. Atendimento no meio do mato sempre tem imprevistos. O fogo consumiu tudo bem rápido. Procuraram por corpos carbonizados depois do rescaldo, quando os restos esfriaram e não encontraram nenhum. A conclusão foi de não ter ninguém em casa, nem o endinheirado e nem os empregados, o que foi bom. Sem vítimas.

— Boa teoria. E esse equipamento? Aquilo com jeito de cortador de grama é um detector de metais, certo?

— Grande Felipe, o sabichão. Você não só se parece com o Capitão América como parece pensar de vez em quando. É sim, equipamento profissional. Aluguei na Rua Florêncio de Abreu. Tenho uma semana para devolver. Vou achar os restos dos para-raios e confirmar a teoria. Vai ficar para me ajudar? É serviço pra macho.

Olhei para as pilhas de entulhos cobertos de cinzas. Quando o vento passava um pouco mais forte, nuvens de pó subiam em redemoinhos, para cair de volta quase no mesmo lugar. Não era o que tinha programado para o dia.

— Mauro, isso é coisa de pedreiro ou faxineiro. Você dá conta. Agora são dez horas e o sol promete esquentar bastante. Tenho um cliente agendado para as duas. Uma corrida boa. Não posso ficar.

— Felipe, eu te conheço. Tentando fugir de trabalho braçal. Com esse carrão, vai demorar só meia-hora para estar na Penha, indo pela Fernão Dias. E sei do macacão guardado no porta-malas, para não sujar a roupa. Tem mulher no pedaço, não tem?

— O macacão de trocar pneus? Vai ficar coberto de cinzas do mesmo jeito. E não, dessa vez não tem mulher envolvida. Ainda.

— Então vá vesti-lo, super herói! Você não vai me deixar na mão. Nunca deixou. Preciso de ajuda para mover alguns blocos maiores, lá no meio. Devia ser o quarto principal da mansão, onde o fogo começou, antes de se alastrar em círculos, segundo os bombeiros. Desconfio da existência de um para-raios bem em cima, protegendo tudo como um guarda-chuva, se tivesse dado conta. Depois eu me viro para achar as placas de metal derretido.

— Tá bom, seu explorador. Tudo em nome da investigação jornalística.

Clovis Nicacio

Operários

Felipe conhecia Mauro desde o Colégio. Podia classificá-lo como o melhor amigo. Mas estava esperto. Se caísse na lábia do outro, poderia ficar com todo o trabalho pesado.

Estavam sempre juntos nos momentos mais importantes. Comemoraram quando ele conseguiu comprar o taxi, depois de muita economia e esforço. Com ajuda da herança recebida quando fez dezoito anos. Comemoraram quando Mauro passou no vestibular e começou a Faculdade de Jornalismo. Pretendiam comemorar quando Mauro se formasse.

Eram dois jovens vistosos, solteiros e namoradores, sem nenhuma intenção de se fixarem. Felipe sabia do amigo o invejar, por sua aparência e sucesso com mulheres. Nunca considerou isso um problema. Apenas sabia respeitá-las.

Planejavam comemorações focando Mauro, mas no momento não tinham planos para ele mesmo, Felipe. O taxi era a realização de um sonho, a maior conquista depois do apartamento. Não tinha outras ambições a curto prazo. Quando não estava dirigindo, passava o tempo jogando no celular ou assistindo filmes na Internet. Quando estava no apartamento, ficava todo o tempo na companhia do videogame ligado na TV digital de tela grande. A rotina típica de um jovem de 24 anos, mesma idade do Mauro.

Vestiu o macacão de reserva por cima das roupas. O taxi, comprado zero quilômetro há um ano, nunca teve um pneu furado e foi bom tirar o macacão do saco plástico. Mesmo se não sujasse, depois o mandaria para a lavanderia, tirar o cheiro de mofo. Podia fazer mais esse favor para o amigo. Colocou as luvas de eletricista, para manter as mãos limpas.

Mauro também vestiu um macacão de eletricista, retirado da mochila. Pareciam dois operários, escalando a pilha de entulhos.

Arrastaram alguns blocos grandes de paredes enegrecidas, bem no centro das ruínas, conseguindo acesso aos detritos menores, perto do chão. Os dois precisaram amarrar lenços em volta do nariz e boca, para evitar aspirar a poeira levantada.

Quando achou ter espaço suficiente, Mauro ligou o detector de metais e começou a procurar sinais de objetos metálicos. Felipe ficou observando por algum tempo.

Se o aparelho apitava, o amigo inspecionava o material encontrado. Era visível a frustração quando constatava ser apenas mais um ferro retorcido da construção. Mas não desanimava. Felipe se afastou para um pouco mais longe, deixando o centro para o caçador de tesouros.

Mesmo sem um aparelho, olhava para o chão procurando objetos com aparência diferente de pedras queimadas. Um lhe chamou a atenção.

Embaixo dos detritos havia alguma coisa comprida e fina, reta, bem no meio das cinzas. Com cuidado para não desabar as pedras, se abaixou estendendo a mão protegida pela luva por baixo dos cacos de paredes, atento para qualquer ponta de ferro escondida. Conseguiu pegar o objeto.

Pelo peso não era metálico. Parecia um graveto com uma camada de cinzas incrustradas. Destoava do resto. Passou a luva para limpar um pouco. Fosse o que fosse, havia resistido ao fogo. Guardou o objeto em um bolso fundo do macacão, já bastante sujo a essa altura. Seria um souvenir.

— Mauro, preciso ir ou vou perder a corrida agendada.

— Tranquilo, Felipe. Vou procurar mais um pouco. Esse detector tem de valer o aluguel. Uma semana deve ser suficiente.

— Venho te buscar lá pelas quatro e meia. Vai querer um lanche?

— Já tenho um na mochila. Obrigado pela ajuda, amigão.

De volta ao taxi, tirou o macacão e as luvas, embolando tudo dentro do saco plástico. Colocou o estranho graveto por cima e amarrou tudo. Notou que o objeto estava aquecido, como se guardasse um pouco do calor do incêndio, dois meses antes. Não fazia sentido.

Depois veria isto com mais atenção. Tinha um cliente para atender. Ligou o taxi e seguiu na direção da Rodovia.

Tesouro

Mauro queria a ajuda do melhor amigo e ao mesmo tempo não queria dividir todas as informações. Principalmente, o real objetivo daquela empreitada. Ao ficar sozinho começou a matutar.

Se estivesse certo os tratores chegariam a qualquer momento, para remover os detritos e impedi-lo de recuperar o alvo da procura.

Era só uma questão de tempo.

O milionário construtor da mansão devia estar esperando a poeira baixar, literalmente, antes de mandar as maquinas. Podia estar legalizando a posse da propriedade, ou apenas escondido em qualquer outro lugar, ganhando tempo para não chamar a atenção.

Uma informação era certa: o incêndio foi repentino e inesperado. Mesmo a ausência de corpos não era evidência dos moradores terem se mudado. Deviam estar fora da casa, passeando ou fazendo compras, quando aconteceu. Uma saída temporária, sem levar bens pessoais.

Um dos vizinhos entrevistados foi bastante falador, passando as informações mais interessantes. Havia trabalhado na casa, ajudando na montagem da mobília. Descreveu bem os móveis e a decoração do lugar, na maioria formada por objetos de madeira revestida de tecidos. Materiais de fácil combustão, justificando a destruição rápida e completa. Se havia obras de arte, seria necessário um arqueologista para reconhecer alguma coisa no meio das cinzas.

A informação mais importante foi dita por acaso, sem intenção. O dono da mansão pagou o serviço com uma moeda de ouro.

Foi fácil deduzir. Onde tem uma, tem outras.

Se o sujeito saiu apenas para fazer compras e não pode retornar, por medo ou qualquer outra coisa, as chances de ter um cofre soterrado por ali eram muito altas. O detector de metais era para isso: procurar um cofre. Se contivesse dinheiro as notas estariam carbonizadas, mas moedas deviam estar derretidas no formato de placas. Ou até poderiam estar inteiras, se fosse um cofre a prova de fogo.

Mas precisava encontrar o tesouro antes do milionário voltar.

Felipe não precisava saber desses detalhes. Já estava muito bem, com aquele carrão do ano e um celular moderno, comprado para o trabalho, conforme dizia. Devia estar pegando toda a mulherada, naquele ponto fixo na porta da faculdade. As estudantes eram loucas pela aparência dele.

Sempre foi assim, desde os tempos do colegial. O amigo fazia aquela cara de carente, solitário, mas vivia cercado de meninas. Quando o conheceu, ambos adolescentes, Felipe morava com uma tia gostosona. Contou ter uma priminha, mas a menina foi embora ainda criança. Desconfiava que o amigo pegava a tia, depois de ficar morando sozinho com ela. Ele nunca falou nada, sempre com aquele jeito de sonso. Mas revelou ter sido a tia quem pagou uma Academia e o ajudou a parecer o Capitão América. Ela deve ter cobrado alguma coisa em troca.

Desta vez seria diferente. Bastava achar o cofre e mudar de vida. Provaria para o amigo que também podia ter carrões, mansão, celular caro e principalmente, a mulherada. Talvez até uma tia gostosona.

Ainda não havia escurecido quando o taxi retornou. Felipe, como sempre, não esquecia compromissos.

— E aí, Maurão, achou os para-raios?

— Achei nada, Felipe. Está cheio de ferros retorcidos, mas não parecem para-raios. Vou precisar varrer todos os cômodos para achar alguma coisa aproveitável.

— Deixa um pouco para amanhã, faxineiro. Você está imundo dessa fuligem.

— Com medo de sujar seu carrão?

— Exatamente, depois eu tenho de lavar, de novo. Mas sou prevenido. Trouxe um lençol para você sentar em cima.

— Sempre fugindo do trabalho braçal, seu sacana. E nem pense em me mandar a conta da lavanderia ou do lava-jato! Estou enrolado até para te pagar as corridas.

— A gente acerta isso depois. Vamos, te levo até sua casa.

Felipe conhecia o caminho. Já estivera várias vezes na porta da casa do amigo. Ao chegarem ajudou a levar os equipamentos para dentro.

— Onde vai pôr o detector de metais?

— No quartinho de bagunças, lá atrás. Se ainda tiver espaço.

Felipe seguiu na direção indicada. Notou que o tal quartinho não apresentava muita segurança. O muro nos fundos da casa era baixo, dando para uma rua com aparência de abandonada, cheia de entulhos e lixo.

Achou um lugar para deixar o equipamento. Arrumou de um jeito meio desleixado, pois seria usado novamente no dia seguinte. Notou um painel cheio de chaves na parede. Mauro trazia a mochila e os outros equipamentos. Percebeu o interesse dele.

— Meu pai é chaveiro. Usa esse quartinho como estoque. Está cheio de ferramentas dele por aí. Quando era menor, eu brincava com elas e vivia levando broncas.

Entraram na casa pela porta dos fundos. Felipe notou a fechadura quebrada, funcionando no improviso. Novamente Mauro percebeu.

— Ele deixou essa fechadura para eu consertar. Não tô nem aí... Não nos damos muito bem, desde a morte da minha mãe. Ele nem sabe que estou morando aqui. Em nossa ultima conversa eu disse estar me mudando para a Bahia.

Se despediram depois de beber quase uma garrafa inteira de refrigerante. Mauro foi para o banho e Felipe de volta ao taxi.

Combinaram retornar às ruínas na manhã seguinte.

Chuveiro

Felipe chegou cansado ao apartamento onde morava. Passou pela sala desarrumada sem pensar, seguindo direto para o banheiro. Tirou o macacão sujo do saco plástico e o socou no cesto das roupas que seguiriam para a lavanderia no dia seguinte. Era um hábito desde quando passou a morar sozinho. Não podia mais contar com a tia para cuidar das roupas. Deixou o objeto carbonizado sobre a pia e, aproveitando estar mexendo com roupas, tirou todas as do corpo, as atirando no cesto. Voltou nu para a sala, procurando por mais alguma peça avulsa deixada para trás. Ligou a TV, criando a ilusão de ter companhia.

A tarde havia sido agitada. Depois de ter deixado Mauro nas ruínas, voltou para a Vila Matilde, parando na padaria preferida para fazer um lanche. Foi o almoço do dia.

Depois seguiu para o Aeroporto Internacional de Guarulhos, buscar o passageiro, o médico com hora marcada. Pelo celular soube do atraso de trinta minutos do avião. Tempo suficiente para dar três voltas circulando o Terminal de Desembarque, evitando ser multado. Taxis de fora nunca tiveram autorização para pegar passageiros no terminal. Só os credenciados, mais caros e favorecidos pela exclusividade. Odiava aquele esquema.

Quando o passageiro avisou ter chegado, por mensagem no celular, foi mais uma maratona até encontrá-lo. Pelo menos o smartphone permitia enviar instruções por voz, até conseguir localizar o médico, um pouco distante da muvuca provocada pelos outros motoristas. Mas não acabou por aí.

Ao acessar a Rodovia Airton Sena, para levar o passageiro até o centro de São Paulo, o trânsito travou. O aplicativo no celular mostrou um acidente. Algum idiota conseguiu bater o carro poucos quilômetros à frente.

Precisou de mais uma hora para entregar o doutor na Praça da Sé. Iniciou o caminho de volta, já pegando o trânsito caótico do final da tarde em São Paulo.

Sem passageiro para justificar o uso da faixa exclusiva dos ônibus, seria inútil voltar pela Radial Leste. Optou pela Marginal Tietê em direção da Rodovia Fernão Dias. Tinha prometido voltar para buscar o Mauro. Avisou o amigo de estar a caminho e se lançou na jornada. O resgate foi feito perto das dezoito horas quando estava escurecendo. De volta na rodovia pegaram mais trânsito.

Levou o amigo até a casa dele, ajudou a descarregar o equipamento e chegou no apartamento por volta das 21 horas. Precisava estar no ponto de taxis da Faculdade às 22.

Com as roupas no cesto, seguiu para uma chuveirada revigorante. Nem fechou a porta do banheiro, mesmo estando nu, habituado com a solidão.

A água morna fazia milagres, tirando o cansaço. Enquanto a deixava correr pelo corpo, pegou o objeto retirado das ruínas e começou a esfregá-lo, usando a esponja de banho. Água e sabonete amoleceram a camada de fuligem, liberando um caldo escuro. O objeto se revelou.

Era uma varinha de madeira trabalhada, com uma base mais grossa, servindo como empunhadura, afunilando na direção da ponta. Quanto mais fuligem escorria, mais a madeira se tornava visível.

Felipe sentou no chão, deixando a água caindo. Sorria, concentrado na limpeza. Esfregava a esponja com força, retirando toda a sujeira da varinha. Era como se o verniz dela fosse especial, com aparência de pintado á pouco tempo. Talvez fosse o motivo do fogo não a ter consumido. Terminada a limpeza, a varinha estava como nova.

Levantou-se, fechou o chuveiro e usou a toalha, primeiro para secar a varinha, depois para secar a si próprio. Estava hipnotizado pelo objeto.

De volta ao quarto, viu o rádio relógio na cabeceira da cama. Faltava dez minutos para as dez da noite. Lembrou da faculdade.

Antes de sair, precisava confirmar uma coisa. Destacou uma folha do bloco de recados ao lado do relógio e a jogou sobre a cama.

Depois pegou o objeto, fez um movimento circular com a mão e o apontou para a folha.

— Vingardium Leviôsa!

Não aconteceu nada.

Fez outro movimento com o pulso, imitando um pescoço de pato, apontou para a folha e recitou:

— Vingardium Leviosá!

Nada.

Nesse momento olhou para o espelho na porta do guarda-roupa e viu o próprio reflexo.

Não tinha cicatriz na testa, não usava óculos, estava pelado e desmunhecando com uma varinha na mão.

Jogou a varinha na cama e foi pegar roupas secas. O dia ainda não havia acabado. Precisava trabalhar.

Vozes

A noite na faculdade foi fraca, mesmo sendo o bairro do Tatuapé e tendo cadastro em dois aplicativos de taxis. Estudantes normalmente não tem dinheiro para ficar andando de taxi. Felipe ficou a maior parte do tempo jogando no celular, tentando passar de fase nos joguinhos habituais. Os desafios o fizeram esquecer da varinha.

A exceção da noite foram os três rapazes dividindo uma corrida até o terminal de ônibus da Avenida Mateo Bei. Normalmente preferia levar as estudantes mulheres, consideradas menos perigosas do que três marmanjos, mas a noite estava ruim.

Se benzeu mentalmente e aceitou a corrida. Por sorte, eram apenas estudantes voltando de algum jogo de futebol *society*.

Decretou o fim da noite, pois havia prometido levar Mauro nas ruínas, bem cedo, na manhã seguinte. Nem voltou para o ponto.

De volta ao apartamento, repetiu a rotina de todos os dias. Ligou a TV para ter companhia. Pegou um copo de iogurte na geladeira. Tirou as roupas, pendurando-as em cabides, para usar no dia seguinte. O cabide as mantinha passadas.

Lembrou da tia Dolores, com quem havia morado por oito anos. Podia dizer que aprendeu com ela a viver pelado quando estava sozinho. Naquela época, quando não tinha aula, ele ficava no quarto sem fazer barulho, com a porta fechada, ouvindo música nos fones de ouvido ligados ao equipamento de som por um longo cabo espiral.

A tia, desconhecendo a presença do sobrinho, desfilava nua pelo apartamento. Quando descobriu, ele apreciava o espetáculo abrindo uma fina fresta entre a porta e o batente ou usando o buraco da fechadura. Com o tempo ele mesmo passou a se despir quando estava sozinho. Virou um hábito.

Só uma vez, distraído pela música nos fones, não ouviu a tia se aproximar. Normalmente era ela quem pegava as roupas sujas para lavar, quando ele se esquecia de levá-las para a lavanderia. Quando percebeu, a porta do quarto estava aberta, com a tia o encarando. Ambos nus. Nenhum dos dois pronunciou uma só palavra.

A tia fechou a porta e voltou para os afazeres, sem pegar as roupas. Dez meses depois disso ele completou dezoito anos e alugou um apartamento, indo morar sozinho. A tia insistiu para ele ficar, mas sem muita convicção. Ela também queria ficar livre do sobrinho, para melhor aproveitar a liberdade.

Já havia se passado seis anos. Agora com vinte e quatro era um solteiro convicto, morando sozinho num apartamento próprio, pago com parte da herança deixada pelo pai. Era autônomo e não precisava de mais nada.

Nem de namorada fixa. Nenhuma gostava da concorrência dos joguinhos e dos filminhos assistidos na Internet.

Estava para ligar o videogame, quando se lembrou da varinha. O objeto continuava no quarto de dormir, sobre a cama, ao lado da folha solta.

Parecia ter recuperado o brilho do verniz, depois de secar por completo. Como se fosse uma varinha zero quilômetro, recém comprada na loja do Senhor Olivaras, o comerciante de varinhas do Harry Potter.

Havia assistido a todos os filmes do bruxinho.

— Você é linda!

Outro hábito de um solitário convicto: falava sozinho com os objetos, como se algum pudesse responder. O videogame e a TV eram os interlocutores preferidos, xingados como se fossem pessoas, principalmente quando estava perdendo em algum jogo.

Voltou para a sala movimentando a mão com a varinha, treinando movimentos mágicos, como havia visto nos filmes. Lá no fundo da mente queria acreditar que a mágica existe de verdade.

— Você podia ter vindo com um manual de instruções, né? Como vou saber o que tenho de fazer?

— *"Basta desejar, meu amo."*

Felipe deu um pulo para trás, jogando a varinha no sofá. A voz tinha vindo de todos os lugares e de lugar nenhum ao mesmo tempo. Com os pelos da nuca arrepiados olhou em volta, procurando pelo possível fantasma. Ou melhor, pela fantasma. A voz foi claramente feminina, calma e gentil. Procurou no quarto, na cozinha, no banheiro e na área de serviço. Não havia ninguém. Foi para a geladeira, conferir a data de validade do iogurte. Normal.

A TV transmitia um jornal noturno, sem ter onde encaixar aquela frase. Respirou fundo, para reduzir as batidas do coração e se atreveu a perguntar:

— Quem falou isso?

— *"Eu falei, senhor. A sua varinha mágica."*

Ele olhou para o objeto jogado no sofá, procurando por algum movimento. Se aproximou bem devagar, estudando cada lado sem a tocar. Não havia nada diferente no objeto inanimado.

— Mas não estou te segurando agora...

— *"Nosso elo mental já está estabelecido, amo. Sua confusão é normal. Pense nisso como telepatia."*

— Telepatia não é mágica!

— *"Normalmente não. No nosso caso é uma manifestação do elo mental usado para ler suas memórias e poder satisfazer todos os seus desejos, mesmo os não ditos em voz alta."*

— Que desejos? Tenho direito a três desejos?

— *"Não, amo. Está me confundindo com a lâmpada de Aladdin. Não tenho limites. Meu dever é fazê-lo feliz, realizando TODOS os desejos."*

A voz colocou ênfase na palavra todos, provocando outro arrepio na nuca do Felipe.

— Como assim, seu dever?

— *"Você me encontrou, me deu um delicioso banho quente, me limpou, secou e repousei na sua cama. Você é meu dono. Agora com o elo mental vou te fazer feliz."*

— Caraca! Como funciona isso de desejos?

— *"Pense qualquer coisa, dirija o pensamento para mim e eu realizo."*

— Qualquer coisa? Não preciso gesticular com a varinha?

— *"Posso transformar energia cósmica em qualquer coisa. Isso de gesticular só existe no cinema. Não seja o Homem Aranha. Só precisa me segurar e apontar se demandar muita energia."*

— Você assistiu o Homem Aranha?

— *"Eu? Não, sou só uma varinha. Você assistiu, amo! Está nas suas memórias."*

— Deixa recapitular, para ver se estou entendendo direito. Sou o dono de uma varinha mágica com o poder de ler minha mente, para me fazer feliz realizando todos os meus desejos.

— *"Sim, amo. Em resumo é isso. Por onde começamos? Riquezas, poder, um banco particular? Quer a cidade ajoelhada aos seus pés?"*

Felipe estava se esforçando para captar a ideia. Jamais havia pensado em ser poderoso. A Internet e os filmes sempre lhe passaram uma má impressão dos perigos inerentes ao poder.

— Você já fez isso? Deixar uma cidade de joelhos?

— *"Já, para um dono na Idade Média. A vila era bem menor, mas o princípio é o mesmo. Só vai consumir mais energia. Aqui terá de me segurar e apontar."*

— Não preciso de nada disso.

— *"Senti uma sombra de dúvida na sua mente. Deve precisar de algo para ser feliz. Todos os meus donos sempre precisaram."*

— Não é nada. Só lembrei de ter um compromisso amanhã cedo. Não fosse isso eu ficaria a noite toda conversando com você. Ou comigo mesmo, sei lá.

— *"Isso é fácil. Posso te fazer dormir tranquilo por toda a noite e acordar muito bem disposto pela manhã. Isso te faria feliz?"*

— Sim, isso me faria bem feliz.

— *"Ótimo, estamos nos entendendo."*

Felipe mal percebeu os olhos se fecharem. Não chegou a cair, pois o corpo começou a flutuar se dirigindo para o quarto, pousando debaixo das cobertas levantadas por uma força invisível para recebê-lo. As luzes do apartamento se apagaram, a TV desligou e o copo sujo voou sozinho até a pia, onde se lavou e se ajeitou no escorredor.

A varinha permaneceu imóvel, jogada no sofá.

Abadia

Felipe acordou com o despertador, no horário de sempre. Muito bem-disposto, como se tivesse dormido por uma semana inteira. Tomou a chuveirada habitual para terminar de despertar, vestiu as roupas penduradas na noite anterior e desceu para pegar o carro, indo ao encontro de Mauro. Tudo dentro da rotina.

Tomaram um café da manhã reforçado numa padaria perto da casa do amigo.

O resto do dia seguiu como em todos os outros. Levou Mauro até as ruinas e o deixou lá. Voltou para atender os passageiros com horários marcados, encaixando os chamados dos aplicativos. Quando conseguiu uma folga almoçou num dos bares habituais. Se sobrava tempo entre as corridas, era consumido nos joguinhos no celular intercalados por filminhos pornográficos. Tinha uma coleção de sites pornôs nos favoritos.

Voltou para o apartamento no final da tarde, antes de seguir para o ponto na faculdade.

Estava terminando de desabotoar a camisa, para iniciar a rotina doméstica, quando viu a varinha jogada sobre o sofá. Não tinha olhado para aquele lado pela manhã. A visão lhe trouxe uma enxurrada de lembranças da noite anterior.

Correu para o objeto, se esquecendo do strip tease, pegando-a com as duas mãos.

— Varinha, você está aí?

A voz tranquila se manifestou de todos os lugares e de lugar nenhum. Estava dentro da cabeça dele.

— *"Estou, meu amo. Ansiosa para continuarmos nossa conversa."*

— O que aconteceu? Eu apaguei durante nosso papo?

— *"Você manifestou seu desejo de dormir e descansar a noite toda. Eu obedeci. Induzi o sono e restaurei suas energias."*

— Por que não me lembrei de nada até agora?

— *"Eu não durmo. Passei a noite examinando suas memórias, procurando coisas para fazê-lo feliz. Entendi sua dedicação ao trabalho. Eu seria uma distração, então suprimi as lembranças ligadas a mim, para não interferir no seu dia. Restaurei as memórias agora que seu dia terminou."*

— Agradeço e entendo a preocupação. Mas se quer mesmo me deixar feliz, me prometa uma coisa: nunca mais me faça esquecer de você.

— *"Ouço e obedeço, meu amo."*

— Sobre a conversa de ontem, não preciso de nada. Já sou feliz vivendo do meu jeito.

— *"Sempre tem alguma coisa para ser melhorada. Estou aqui para isso."*

— Você sabe jogar videogames?

— *"Se você sabe, eu sei. O elo mental me coloca na sua cabeça. Quer um mais moderno? Posso trazer do Japão. Não tem frete. Seu pensamento não está muito claro."*

— O meu já é o mais moderno. Comprei há pouco tempo e paguei uma nota preta para destravar. Só no fim do ano vai sair outro. Pensei em você jogando comigo. Pode assumir uma forma física?

A voz se calou por alguns minutos. Felipe sentiu como se estivesse pedindo algo impossível. Precisava treinar mais sobre como interagir com varinhas mágicas.

— Não pode fazer isso? Podemos pensar em alguma outra coisa.

— *"Eu posso fazer qualquer coisa. É que nunca me foi pedido nada semelhante. Talvez possa usar a intercalação multidimensional probiótica usando um modelo realista biossintetizado. Me dê um minuto para pegar uma matriz."*

— Não entendi nada. Você não é mágica? Está falando como cientista.

— *"Mágica e Ciência são interdependentes. Elas se confundem. Penso ter encontrado a melhor forma de atender este desejo."*

A luz da sala começou a variar de intensidade, clareando e escurecendo. Alguns pontos luminosos surgiram como vagalumes voando, criando focos concentrados de energia pura. Os focos se expandiram e foram se agrupando bem devagar até formar a silhueta de uma pessoa, absorvendo novos focos brilhantes para criar os detalhes.

Com a silhueta formada o brilho foi desaparecendo, deixando um corpo humano alado no lugar.

A jovem ruiva tinha cabelos soltos na altura dos ombros, sob uma tiara com duas anteninhas. Usava uma blusinha manga curta do tipo top e uma minissaia combinando, ambas da mesma cor, um tom Pink coberto de lantejoulas.

Estava descalça, exibindo a pele clara quase desbotada. Nas costas tinha uma armação de arame imitando asas, forradas de tecido leve na mesma cor Pink. Tinha baixa estatura, aparentando cerca de 1,60 de altura. Os braços magros sem adornos terminavam em mãos delicadas.

— Eu sabia. Você é uma fada. Mas não devia ter asas naturais?

Ela respondeu com a mesma voz usada dentro da cabeça dele. Gentil e agradável, porem decidida. Mas não era mais apenas uma voz dentro da imaginação dele, agora vinha de uma linda boca. Parecia cansada, talvez pelo esforço da materialização.

— Não sou fada, sou uma varinha mágica. Não reconhece esta imagem? Retirei do filminho que você assistiu sete vezes na semana passada.

Felipe enrubesceu.

— Você consegue ver os filmes que assisti? Todos?

— Não se preocupe. Não sou humana. Não tenho pudor nem as outras limitações da sua espécie. E não julgo.

— Então você é uma imagem? Um holograma?

— Não. Sintetizei um corpo completo, de carne e osso. Sou real. Pode me apalpar se não acredita. Faça como o rapaz do filme, passe as mãos por dentro da minha roupa.

— Essa situação é muito louca. Qual o seu nome?

— Sempre fui chamada de Varinha. Nunca tive um corpo humano. Se te faz feliz me dê o nome que mais te agrada. Sabe o nome da atriz?

— Vou te chamar de Abadia. Ouvi isso em algum lugar e não conheço ninguém com esse nome. É único e especial. Pode ser?

— Então serei Abadia. Não importa se estou vestindo este corpo ou dentro da varinha, você é meu dono e minha função é realizar seus desejos. Mas você não parece muito animado. Quer corrigir alguma coisa? Altura, cor da pele, tamanho dos seios? O filme não tem boa definição, não é HD.

— Não mude nada, Abadia. Você está ótima. Eu é que preciso de um tempo para assimilar tudo isso. Que loucura!

— Agora posso jogar com você. Vamos?

Os dois se sentaram lado a lado no tapete, encostados no sofá e de frente para a TV. A armação das asinhas e a tiara foram abandonadas num canto.

Felipe ligou o aparelho e passou um joystick para a nova companheira. Escolheu um DVD e iniciou o jogo. Abadia jogava com a mesma habilidade dele. Empolgado com o jogo, várias vezes ele resvalou a mão nos joelhos dela, ao movimentar o joystick. No começo foi acidental, depois passou a acontecer com mais frequência. Abadia não recolheu as pernas.

Depois das primeiras derrotas, atribuídas ao nervosismo, ele começou a perder o interesse no jogo. Estava na presença da cópia de uma atriz pornô, vestida sumariamente e monopolizando todos os olhares dele.

Em um momento, depois de perder mais uma vida, ele abandonou o joystick e passou um braço por trás das costas dela, iniciando um tímido abraço. A respiração dele se acelerou. Abadia fixou dois olhos castanhos nos dele sem falar nada, lendo os pensamentos do dono.

Ela deixou o joystick cair no tapete, virou-se e estendeu os braços, respondendo aos pensamentos lidos. O puxou para um beijo apaixonado.

No filme, quem tomava a iniciativa era o rapaz, de uma forma até um pouco humilhante. Felipe pulava aquelas partes. Preferia oferecer prazer, no lugar de cobrar. Nunca foi egoísta. Abadia sabia disso, nas pesquisas feitas na mente do novo dono. Embora nunca tivesse vestido um corpo humano, passou a noite anterior na cabeça dele e viu filmes suficientes para saber como proceder. Ela assumiu o controle.

As mãos bobas de Felipe não encontraram resistência. Joysticks e roupas foram abandonados no mesmo canto das asinhas.

A lua de mel durou a noite toda. Quando Felipe começava a apresentar sinais de cansaço, Abadia restaurava as energias dele e uma nova sessão começava.

Só pararam quando o despertador tocou lá no quarto, anunciando a chegada do dia.

Mesmo a contragosto, a responsabilidade dele falou mais alto.

— Preciso trabalhar. Vou tomar uma ducha, quer ir comigo?

— Só com uma condição, meu amo.

— Qual?

— Eu eliminei seu cansaço, então não precisa me esfregar com tanta força como da outra vez.

— Que outra vez?

— Eu estava dentro da varinha, coberta de cinzas, lembra?

— Não te machuquei, né?

— Claro que não. Preparei aquele verniz para me proteger, de qualquer fogo! Até do seu.

A relação

Abadia permaneceu no corpo humano, mesmo depois de Felipe sair para trabalhar. Havia feito uma descoberta e era ela quem precisava de um tempo para assimilar a situação. Mudava tudo.

Estava sentindo-se muito bem, com mais vontade de ajudar aquele dono diferente. Estalou os dedos várias vezes, usando mágica para limpar o apartamento, lavar e passar as roupas dele, encher a geladeira. Depois das incursões pela cabeça do rapaz, acreditava saber bastante dos gostos dele e fazer o dono feliz era a melhor parte. Facilitava cumprir o destino ao qual foi amaldiçoada milhões de anos antes.

Por muitos séculos foi tratada como um objeto, apenas satisfazendo donos tirânicos e insensíveis, na grande maioria gananciosos destinados a ter vida curta.

O normal era esgotarem a energia dela sem medir consequências, pagando o preço de repô-la com a própria vida. O fogo queimava as evidências da recuperação de energia vital desperdiçada com idiotices.

Felipe se mostrou diferente. Além de não consumir a energia mágica com frivolidades ainda dava atenção e carinho.

O pedido para ela vestir um corpo humano foi a maior novidade. Nunca recebeu um pedido desses. Gastou uma considerável quantidade de energia para sintetizar um corpo baseado numa imagem mental. Se ele pedisse para ela trocar de corpo, provavelmente o nível de energia cairia abaixo do ponto de emergência e neste momento Felipe estaria morto, totalmente drenado.

Mas aconteceu o contrário. Nem ela sabia daquela possibilidade.

Durante o sexo o corpo dele se aqueceu produzindo energia vital espontânea. O contato pele com pele permitiu a ela absorver a energia gerada. Quanto mais ela se esfregava nele, procurando o contato com a pele, mais excitado ele ficava, criando um efeito cascata. Quando a noite terminou ela estava saciada e mais carregada do que quando começou, apesar das fagulhas revigorantes lançadas nele e da energia gasta na criação do corpo. Foi a descoberta mais incrível desde quando assimilou o poder mágico.

Se Felipe continuasse a fazer sexo com ela, a alimentando de energia, ambos poderiam viver pela eternidade.

A fada dançava pelo apartamento, sorrindo e com vontade de cantar, se tivesse aprendido alguma canção.

Felipe chegou no final da tarde, trazendo comida chinesa para os dois. Queria agradar a companheira. Ela ainda usava a blusinha e a minissaia cobertas de lantejoulas, mas sem as asinhas de arame.

— Agradeço, meu amo, mas não preciso de comida humana.

— Isso era antes, Abadia, quando você não tinha um corpo. Agora precisa provar esse frango xadrez. Está ótimo.

— Mas não preciso. Me alimento de energia. Do calor gerado pelo seu corpo.

— Coma só um pouquinho, para me fazer companhia. Isso vai me fazer feliz.

— Não tenho defesa contra esse argumento. Só um pouquinho então, seu chantagista.

Os dois agiam como namorados apaixonados. Felipe tentava pegar o arroz com os pauzinhos e colocar na boca dela. Desistiu depois de espalhar metade da embalagem no sofá e sobre ela. Foi buscar uma colher na cozinha.

Abadia aproveitou o momento para estalar os dedos. Quando ele voltou o sofá estava impecável, limpo e seco. Ela tinha alguns grãos no pescoço e seios, esperando uma atitude mais ousada dele.

Ele não decepcionou. Usou a língua para recolher os grãos rebeldes. Antes da refeição terminar estava usando a boca para depositar pedaços de frango nos lábios da ruivinha.

Os resíduos de gordura na pele dela foram retirados no chuveiro.

Quando chegou o horário de seguir para o ponto da Faculdade, ambos ainda estavam na cama, nus, ele deitado de costas e ela ao lado, fazendo cafuné no peito cabeludo dele.

— Não vou hoje. Os outros motoristas podem dar conta.

Ele se virou, a envolvendo com os dois braços.

— Isso não combina com você. Tem alguma coisa a ver comigo?

— Não está lendo minha cabeça?

— Não. Estou do lado de fora, curtindo o momento de lazer.

Metade era mentira, porém ela queria conversar como uma pessoa comum. O abraço a fez sentir mais calor vindo dele.

— Certo. Não quero te deixar sozinha. Será nossa segunda noite e você merece minha atenção total.

Ele procurava a boca dela para beijos rápidos enquanto passava os dedos pelos cabelos ruivos. Abadia sentia reações espontâneas no próprio corpo, desconhecidas e ainda inexplicáveis para ela. Deliciosas.

— Isso não está certo. Meu dever é te fazer feliz sem me aproveitar de você. Nunca dormi assim com meu dono antes. Pode ser um problema se virar hábito.

Ele parou as carícias, desconcertado.

— O que está dizendo, Abadia? Não está gostando?

— Estou adorando, meu amo. Nunca tive uma experiência tão maravilhosa e surpreendente. Mas não podemos esquecer: eu não sou uma mulher. Sou uma varinha de madeira com poderes mágicos.

— E está me fazendo muito feliz!

— O que vem fácil, vai fácil. Mágica tem data de validade. Não posso correr esse risco. Sua felicidade é muito importante para ser tratada com leviandade.

— Não estou entendendo, mocinha.

— Deixe explicar melhor. Meus poderes têm regras. Se tentar quebrá-las posso adoecer e até morrer. Uma delas diz para não usar mágica em proveito próprio. Se continuar usando esse corpo para dormir com você estarei me beneficiando. Isso pode trazer consequências.

— Mesmo se eu te pedir?

— Esse é o problema. Se fosse apenas o seu prazer estaria tudo certo. Mas eu também estou gostando sem ter esse direito. Não podemos fazer disso uma rotina.

— Como vamos resolver?

— Estive pensando nisso o dia todo. Podemos espaçar nossas noites. Talvez uma por semana, com algumas rapidinhas no chuveiro. Não conseguirei ficar muito tempo longe de você, depois de descobrir sua energia como meu alimento. Ou posso tentar corpos diferentes.

— Como um corpo diferente pode ajudar?

— Seria a realização dos seus desejos, não dos meus. Eu seria apenas o veículo hospedeiro. O equilíbrio estaria mantido. Conheço o corpo ideal.

— Do que está falando?

— Você quer outra mulher aqui na sua cama. Uma morena escultural.

Felipe sentou-se, tentando entender. A conversa estava tomando um rumo assustador. Um sinal de perigo surgiu na mente dele.

— Abadia, pare com isso. Quem eu quero é você!

Foi a vez dela ficar de costas, deixando os seios à mostra. Sorriu um sorriso cúmplice.

— Ei, não precisa entrar em modo defensivo. Ela ocupa um lugar de destaque nas suas memórias. Fique tranquilo. Não sou uma mulher. Não tenho ciúmes e nem o direito de querer exclusividade. Só me importa a sua felicidade. A Lizete pode ser a resposta.

— Você vai se materializar com a imagem dela?

— Não agora. Isso consumiria muita energia e eu iria precisar de você por muitas horas para me reabastecer. Tem um jeito mais econômico e mais eficaz.

— Que jeito?

— Você me leva até ela e deixe-a me segurar, por pelo menos um minuto, até eu copiar o DNA e a imagem dela. Ela não vai sentir nada.

— Como é que eu posso te levar e fazer ela te segurar?

— Me leva na forma de varinha, meu amor!

— Acho que vou ficar louco. Minha varinha mágica quer duplicar a Lizete! Não sei se aguento.

— Mas isso será só amanhã. Já que estamos aqui, vamos terminar essa noite. Adorei você dizer "minha" varinha mágica.

Ela o puxou de volta para deitá-lo no colchão. Passou a mão pelo peito dele e a desceu para continuar o cafuné nos pelos pubianos.

Felipe reagiu no automático, pensando mais uma vez na morena escultural. Lizete era um dos desejos mais secretos dele.

44

Carona

O despertador foi travado antes de tocar a sirene estridente. Felipe nem parecia estar sem dormir há mais de 48 horas. Abadia só precisou disparar poucas fagulhas para restaurar as energias dele durante a noite, eliminando sono e fome. O processo de restauração celular comandado pela fada não deixava sequelas, embora ela nunca o usasse em demasia. Esperava proporcionar uma noite de sono humana e regular para o rapaz, quando o dia corrente terminasse.

Os dois seguiram abraçados para o chuveiro, sem conseguir se desgrudar, como se aquela tivesse sido a última noite juntos.

Depois de muitos beijos e outras carícias sob a água morna, Abadia conseguiu dizer:

— Preparei uma camisa especial para você. Tem um bolso interno sob as axilas, para você me levar sem ser incomodado.

— Não consigo mais pensar em você como uma varinha de madeira.

— Mas é como sou. Diferente desta ilusão pálida.

— Uma deliciosa ilusão de carne e osso.

— Magrela além de pálida. Vamos logo buscar a aparência de uma miss. Me pegue na gaveta da cômoda, lá na sala.

Uma luz envolveu o corpo da fada, a fazendo desvanecer no ar. Por alguns segundos Felipe sentiu a frieza da solidão, aquela que o impulsionava a ligar a TV para fingir ter companhia. Os últimos dias pareciam ter sido uma outra vida.

Encontrou as roupas dobradas sobre a cama, no quarto já arrumado pelo estalar dos dedos de uma fada. Vestiu-as bem devagar, como se alguma coisa estivesse faltando. Gastava o tempo. Depois foi até a sala pegar a varinha dentro da gaveta. O verniz brilhava quando atingido pelos poucos raios de sol atrevidos, passando através da persiana. Abriu a janela da sala, permitindo a entrada completa do amigo dourado. A varinha brilhou mais ainda, como que agradecendo. Tinha apenas trinta centímetros, se alojando com perfeição no estranho bolso diagonal da camisa. Não pode evitar a pergunta, em voz alta.

— Abadia, você está confortável?

A voz veio de todos os lugares e de lugar nenhum.

— *"Estou em casa, meu amor. Muito bem, sentindo o calor do seu corpo."*

Ele pegou os óculos de sol junto dos documentos e as chaves do carro. Saiu em direção do estacionamento.

Caminhava devagar, ocasionalmente olhando o relógio. Quase dez horas de uma manhã ensolarada. Se o encontro devia ser casual, cuidava para não parecer ansioso.

Estava quase chegando no carro quando viu o alvo saindo do elevador, no horário esperado. Como sempre, Lizete estava divina. Calças jeans justas, blusa branca folgada destacando o volume do sutiã também branco, cabelos lisos soltos, negros como a noite sem lua, uma sandália baixa e uma bolsinha, ambas combinando com a cor dos cabelos. Um metro e setenta e dois do corpo mais bem moldado de todo o condomínio, envolto na pele cor de mel que fazia todas as cabeças se virarem, seja dos homens famintos ou das mulheres invejosas.

Respirou fundo e a chamou, quando a distância ficou adequada.

— Lizete?

— Oi, Felipe. De folga hoje? Ou está só atrasado?

Ela era uma das clientes habituais do taxi, quando o pai financiava.

— Nem uma coisa nem outra. Estou no horário. Tenho um cliente para as onze, numa corrida das boas. Ele vai para a Zona Sul.

— Que bom. Se algum dia eu for trabalhar, quero ter um horário flexível como o seu.

Lizete parou a poucos passos. Puxou os cabelos para trás da orelha como se quisesse expor os brincos. Sempre exibia alguma coisa.

— Você nunca vai trabalhar, Lizete. Não precisa dessas coisas mortais e nem o seu pai vai deixar.

— Ah, não vem você também me chamar de deusa. Essa cantada barata não combina com você.

— Tá legal. Deixa tentar outra. Quer uma carona até o Shopping? Está indo lá, acertei?

— Um taxista oferecendo carona? Essa foi nova. Tá falando sério?

— Claro que é sério. É meu caminho. Isso porque ainda não consegui fazer meu tapete voar.

Ela o olhou com aquele olhar misturando incredulidade com gozação. Todos os olhares dela alteravam o ritmo cardíaco do rapaz.

— Sei. Acha que vou pegar carona com um cara se fazendo de maluco.

— Eu já te disse que estou treinando para mágico? Quer ver minha varinha?

— O que está acontecendo, Felipe? Você não é de fazer cantadas sem graça. Essa tem a sutileza de um pedreiro.

— Tudo você considera cantada. Somos amigos, Lizete. Não sei o que te falam, mas não arrisco perder sua amizade por bobagens. Estou falando desta aqui.

Num gesto pensado ele colocou a mão debaixo do braço e sacou a arma.

— Você tem mesmo uma varinha! — Lizete arregalou os lindos olhos esverdeados, mudando a expressão para curiosidade.

— E verdadeira. Ainda estou aprendendo a usar.

— Posso ver? Assisti todos os filmes do Harry Potter!

O golpe funcionou. Só faltava mais um minuto. Ele entregou o objeto para a musa cor de mel.

Lizete acariciou a varinha entre os dedos esguios. Testou o peso, a empunhadura, examinou o brilho na luz do sol e terminou com um gesto brusco, apontando para uma folha vegetal caída no chão:

— Vingardium Leviosa!

— Eu também tentei essa. Acho que minha varinha não entende latim.

— *"Entendo sim. Mas acho isso tão infantil."* — A voz de Abadia ecoou dentro da cabeça dele.

— Tentou o Alorromora? — Lizete conhecia as outras mágicas do filme.

— Ainda não. — Felipe perdeu a concentração com a interrupção da fada. Abadia o socorreu.

— *"Já fiz a leitura. Se quer impressioná-la, pegue a varinha, pense em algo e dirija o pensamento para mim."*

— Deixa te mostrar, Lizete. Não precisa gesticular.

Ele pegou a varinha, tentou fazer uma cara séria e a apontou para a folha no chão. Disse:

— Vermelho!

A folha verde se tornou vermelha no mesmo momento. Lizete bateu palmas.

— Uau! Como você fez isso? Tinha preparado essa folha antes? Quero aprender esse truque. Me conta durante a carona. — Ela se abaixou e pegou a folha transmutada, para conferir. Examinou-a de todos os lados e guardou-a na bolsa.

— Nem pensar. Bons mágicos não revelam seus truques.

— Você ainda não é mágico, seu farsante. Mas parece estar aprendendo rápido. Não pense que vai se livrar de mim assim.

Missão cumprida. Ele já podia seguir para o trabalho.

— Então vamos logo. Ou você ficará me interrogando o dia todo.

— Outro dia você me mostra todas essas habilidades novas. Fica me devendo. Hoje não posso me atrasar. Se o Paulinho Cabelo colocar alguma perua no meu horário, vou te pedir essa varinha para explodir a cabeça dele.

— *"Isso é muito fácil. Gostei dessa garota."* — Abadia continuava atenta na conversa.

— Temos tempo. O Shopping mal está abrindo.

— Posso segurar a varinha enquanto vamos? Essa de madeira na sua mão, é claro.

— É claro!

Por estar de carona, Lizete se acomodou no banco da frente, levando a varinha. Seria uma viagem de quinze minutos apenas, mas Felipe adorava a companhia. Ser visto ao lado da mais admirada dos prédios ajudava nos negócios. Se ela estivesse usando saia, ele teria dificuldade para dirigir.

— Não sabia desse seu interesse em magia, Felipe.

— Começou faz tempo. Gosto de assistir filmes sobre fadas, ninfas, feiticeiras e bruxas. Isso vem antes dos filmes do HP.

A maioria eram filmes pornô, porém essa informação foi omitida.

— Tem algum no seu apartamento, para me emprestar? Também gosto destes temas.

— Já tive. Até mesmo uns em VHS, deixados pelo meu pai. Tentei copiar para DVD mas não ficavam bons, sabe? A definição da imagem era muito baixa.

Agora assisto na Internet. Minha lista de favoritos deve ter uns quatrocentos títulos.

— Qualquer dia vou assistir um com você. Quando não tiver cabeleireiro nem manicure. O Paulinho Cabelo já deve estar me esperando. Reservei o primeiro horário.

Felipe se arrepiou, só de imaginar Lizete assistindo um filme daqueles no quarto dele. A sessão não terminaria em masturbação solitária.

Uma voz se apresentou.

— *"Podemos experimentar essa noite, meu bem."*

Ele se esforçou para manter uma conversa racional com a morena.

— Quando precisar estou à disposição.

— Eu sei disso, querido!

Ela devolveu a varinha e desceu na entrada do Shopping. Felipe suspirou, olhando a musa adorada se afastando.

Sabia da multidão de admiradores colecionados por ela, todos mais velhos e endinheirados. Um reles taxista jamais teria qualquer chance com aquela miss.

Abadia comentou, dentro da cabeça dele:

— *"Você se saiu muito bem, meu amo. Nem gaguejou..."*

— Abadia, tem certeza de poder copiar a aparência da Lizete?

— *"Você verá hoje á noite. Deixa comigo. Agora tem um passageiro te esperando."*

54

Violência

O resto do dia seguiu o ritmo normal. Pegou o passageiro perto da Estação Engenheiro Goulart, na segunda linha de trens a cortar a Zona Leste da cidade de São Paulo. Era um comerciante gordo e falador, dono de algumas lojas de bugigangas importadas da China. Pelo menos era a história contada e recontada. Muitas destas mercadorias podiam ser produto de contrabando.

Estava a caminho do Largo Treze de Maio em Santo Amaro, na Zona Sul, do outro lado da cidade.

Felipe usava o GPS do celular, procurando a rota mais rápida. Todos os caminhos, na hora do almoço, estavam entupidos, como em todos os dias, na cidade um dia classificada entre as que mais cresciam no mundo.

A conversa do homem ajudava a aliviar o incômodo dos engarrafamentos quilométricos. Os assuntos variavam entre o trânsito, os buracos na via, os outros motoristas malucos, incluindo motoqueiros, passava por futebol, política, o preço do dólar, a semvergonhice das novelas, e prosseguia pelo cotidiano. Felipe ouvia e comentava sobre tudo, acostumado com as conversas frequentes trocadas com a maioria dos passageiros. Eram poucos os que viajavam calados.

Algumas vezes Abadia comentava telepaticamente dentro da cabeça dele.

— *"Ele devia ter visto na Idade Média..."* — sobre as traições vistas nas novelas.

— *"Aqui está liso. Já andei por estradas de terra onde nem a pé era possível passar."* — Sobre a buraqueira.

— *"O jeito desses motoqueiros passarem lembra as canoas ligeiras dos piratas do Mar Cáspio no ano 300. Só falta pular as ondas.".*

Quando o assunto passou por política, Felipe comentou para o homem.

— Um amigo taxista esteve no Nordeste há poucos anos, para visitar parentes. Voltou enojado de lá. Pais estão alugando filhas de treze anos para caminhoneiros. Depois as pegam de volta quando engravidam, para receber as bolsas do governo. A quantidade de crianças grávidas vista nas cidades interioranas é uma monstruosidade.

O homem confirmou:

— Acredito nisso. Se quer um termômetro real do que acontece nesse País, pergunte aos taxistas e caminhoneiros.

E assim Felipe prosseguia a viajem, ouvindo o gordo tagarela no taxi e a fada pré-histórica no elo mental. A presença e a conversa dela durante a viagem era algo surpreendente, tanto para ele quanto para ela.

Eram mais de duas horas quando o homem desembarcou, numa esquina do Largo Treze. Foi preciso rodar mais alguns quarteirões até conseguir uma vaga para estacionar, na Rua Senador Flaquer, uma rua estreita com asfalto irregular, cheia de carros dos dois lados. A vaga recém liberada estava na frente de um bar oferecendo refeições.

Felipe estava faminto, depois da aventura de atravessar São Paulo. Hora da pausa para o almoço.

Continuava com a varinha no bolso diagonal da camisa. Tentou ser gentil, na conversa telepática, enquanto entrava no estabelecimento ocupado por poucos fregueses.

— Abadia, quer almoçar comigo? Só não pode aparecer vestida de fada.

— *"Seria complicado, amor. Nunca tive um corpo humano, então não tenho um guarda-roupas. Se te faz feliz posso sintetizar as roupas da Lizete e te fazer companhia. Mas não comerei nada, não preciso deste tipo de alimento."*

— Se vai ser complicado, deixamos para outra hora. A comida daqui não deve ser tão boa assim, para ser oferecida a você.

— *"Eu posso melhorar qualquer comida. Pense no que deseja e transfira o pensamento para mim."*

— Agradeço, querida, mas não vou abusar de você criando comidas mágicas. Um prato rápido comum e voltamos para a Zona Leste. Não vamos perder mais tempo por aqui. Quanto mais tarde, pior o trânsito fica.

Felipe se contentou com um almoço comercial, pedindo um bife a cavalo. Um prato com um pouco de arroz, feijão, um bife, um ovo frito, duas folhas de alface acompanhadas de duas rodelas de tomate transformam qualquer bar em restaurante. É o suficiente para justificar a placa exibida na entrada.

Ele estava terminando quando um casal chegou. A mulher ficou na porta enquanto o homem se dirigiu a ele.

— É o senhor quem está com aquele taxi estacionado na rua?

— Sim, precisa ir a algum lugar?

— Por favor, pode me levar ao Autódromo? Na verdade, a um motel atrás do autódromo, é um lugar muito tranquilo e afastado.

Felipe entendeu logo o caso. Era bastante comum para taxistas. A mulher devia ser casada e não estava acompanhada do marido.

— É perto daqui. Mas só posso levá-los, não estou com tempo para esperar. Terão de chamar outro taxi para a volta.

— Tudo bem, a volta não será problema.

Saíram juntos em direção ao taxi. O casal se acomodou no banco traseiro, enquanto o homem passava instruções.

— Nem precisamos passar pelo autódromo, se formos pela Ponte Jurubatuba e pela beira do rio. O motel fica para o lado da barragem, antes da represa, no meio das árvores. Eu sempre vou lá.

Felipe programou o GPS, obtendo uma viagem estimada em menos de oito quilômetros, cerca de trinta minutos. Sabia da região ser pouco habitada, mas não devia ser perigosa, às três da tarde.

Pouco habitada não era o termo adequado para a região. Assim que saiu da ponte entrando na rua de terra ao lado do rio, mudou o conceito para "lugar deserto". Em um trecho cheio de árvores de um lado e o Rio Jurubatuba de outro, o passageiro exclamou:

— Pode parar, chegamos.

Felipe só viu a copa das árvores chacoalhando com o vento. Na rua, era a poeira levantando-se, indecisa se corria para o mato ou para o rio. Nenhuma construção aparente.

— Mas ainda estamos longe da barragem. Não tem nada aqui.

— Tem tudo o que precisamos. Desce do carro. Deixa a chave, os documentos e a carteira. Rápido, cara!

O sangue de Felipe gelou, apesar do calor. As mãos dele começaram a tremer quando o suor começou nelas. Pelo retrovisor viu o cano do revólver na mão do sujeito e uma faca na mão da mulher. Não podia resistir aos dois ao mesmo tempo. Lembrou das instruções do curso de segurança no trânsito, se sentindo o pior idiota de todos. Podia ter se precavido. Pensou no carro novinho e na própria estupidez.

— Calma, moço. Não precisa ficar nervoso. Vou soltar o cinto de segurança e abrir a porta.

— Quem não deve ficar nervoso é você. Ou será pescado no rio pelos bombeiros.

Felipe estava descendo do carro quando uma voz vinda de todos os lugares e de lugar nenhum se manifestou na cabeça dele. Calma e delicada como sempre.

— *"Eu posso cuidar deles. Pense em algo e me dirija o pensamento. Não precisa gesticular, só pense."*

Ele desceu do carro. O sujeito fez o mesmo do outro lado, sempre apontando o revólver. Era hora de distrair os dois atacantes. Deu dois passos se afastando do carro e a ação começou.

A porta traseira se escancarou sozinha. A mulher saiu voando, agitando pernas e braços enquanto gritava inutilmente. Foi arremessada de encontro ao rio, se esborrachando de forma grotesca contra a água. O homem assistiu ao voo de boca aberta, paralisado, sem entender nada. Nem viu o redemoinho se formando atrás dele, levantando poeira e pedregulhos da rua de terra. Foi capturado pelo cone de vento, perdendo a arma para as pedradas recebidas nos braços, pernas e cabeça. Subiu no ar como uma marionete, voando e caindo na água por cima da mulher.

Felipe olhou para o revolver caído no chão. O objeto alçou voo, arremessado para o meio do rio, quase cinquenta metros distante.

O carro, sozinho, fechou a porta traseira e abriu a do motorista, aguardando o legítimo proprietário. Se comportava como uma extensão de Abadia. Felipe ainda estava com a respiração descontrolada, trêmulo e suando.

— Essa passou perto, Abadia. Fui idiota demais. Devia ter desconfiado.

— *"Estou te envolvendo com uma carga de energia recuperadora. Apenas respire devagar. Enquanto você for meu dono, nada te acontecerá. Eu te protejo!"*

— Não queria nada disso em nosso primeiro passeio. Você está bem?

— *"Não poderia estar melhor."*

Ele entrou no carro. Sentou ao volante, conseguindo se acalmar.

— E aqueles dois. Vão morrer?

— *"Não, só tomaram um banho frio. Se pelo menos um deles souber nadar, vão alcançar a margem rio abaixo e se safar, apenas enlameados. Terão histórias de assombração para contar."*

— Vamos sair daqui. Obrigado, Abadia. Você foi demais.

— *"Eu não, amo. Só realizei os seus desejos. Foi divertido."*

Abadia não contou já ter passado por situações semelhantes dezenas de outras vezes. Todas terminadas em morte, com atacantes sem cabeças ou incinerados por raios.

Lizete

Eram cinco horas quando Felipe chegou ao apartamento, respirando normal, mas ainda nervoso. Guardou a varinha na gaveta da cômoda próxima ao sofá e estava desabotoando a camisa, num gesto mecânico, quando ouviu o silêncio.

Era o momento em que ligava a TV para fingir companhia. Desta vez mudou de atitude. Falou em voz alta:

— Abadia, está aqui?

— *"Estou, querido."*

— Pode aparecer para mim? Não quero ficar sozinho.

Um flash luminoso piscou e a ruivinha de blusinha e minissaia Pink com asinhas de arame nas costas se materializou bem no meio da sala. As anteninhas vibravam.

— Você nunca mais estará sozinho, amor, mesmo quando não me vê.

— Não quero só VER você.

Ele a puxou num abraço apertado e cravou um beijo de cinema nos lábios dela.

Quando as bocas se separaram puderam voltar a conversar.

— Abadia, eu senti medo hoje. É um sentimento horrível. Sem você eu podia estar morto agora, no fundo daquele rio.

— Não fique pensando nisso. Já passou.

— Posso te levar comigo todos os dias? Pode ser no formato de varinha.

— Pode, mas não precisa. Nosso elo mental está muito forte. Eu passo mais tempo na sua cabeça do que na varinha. Basta pensar em mim e estarei com você, não importa a distância. Você é meu dono e minha mágica te pertence. Eu só executo.

— É difícil me acostumar a isso. Parece uma relação de escravidão.

— Não pense assim. Eu sou escrava do meu poder, não de você. Meu poder me obriga a obedecer a um dono, mas poderia ser qualquer pessoa. Já tive milhões de donos. Hoje mesmo, se tivesse me ordenado para matar aqueles dois, eu teria feito sem questionar. Você preferiu dar uma lição neles. Adorei isso. Me deixa orgulhosa de pertencer a você. Não pense em mim como escrava, mas como uma ajudante fiel.

— Não sou tudo isso, Abadia. Eu tenho defeitos.

— Eu sei. E tem desejos. Meu papel é realizá-los. Mais um motivo para ser sua.

O celular dele emitiu um aviso sonoro. Ele fechou o rosto ao pegar o aparelho para ler a mensagem, temendo ser um passageiro em alguma urgência fora de hora. Apenas sorriu depois de ler.

— Algum problema, amor?

— Não. É só um amigo, o Mauro, agendando para amanhã cedo. Ele tem poucos dias. Respondo depois.

— Seu amigo vai morrer e você responde depois?

— Não vai morrer, vai devolver um equipamento alugado. O desejo de agora é irmos para o chuveiro.

— Seu olhar é de quem está pensando em alguma coisa diferente. Viu algum filme novo?

— Como sabe se é novo?

— Não sei! Podia ler sua mente, mas isso estragaria alguma surpresa preparada para realizar comigo.

— É só uma fantasia de moleque. Nem sei se você realiza isso.

— Fantasias são desejos secretos. Se é no chuveiro, precisamos tirar nossas roupas. Quer o processo manual ou o expresso?

— Qual é o expresso?

Ela estalou os dedos. As roupas de ambos desapareceram como em um passe de mágica, ressurgindo dobradas sobre a cama. Antes dela estalar os dedos de novo, Felipe a puxou pela mão na direção do banheiro. Ainda não estava pronto para experimentar teletransporte mágico. O chuveiro era muito perto.

Uma hora depois estavam abraçados na cama, ela fazendo cafuné no peito dele, como na véspera.

— Ontem você me disse para isso não se tornar hábito.

— Não é hábito. Você me desejou e eu atendi. Estamos dentro do roteiro. Sou sua! O problema é ficar automático, como se fosse uma obrigação, apenas para me satisfazer.

— Então está resolvido. Vou te desejar todos os dias.

— Tenho minhas dúvidas. Conheço sua cabeça por dentro. Ainda tem muitos desejos diferentes para serem realizados e muitos deles não me incluem.

— Você está falando de coisas antigas. Agora eu te conheço e a realidade é outra.

— Vamos ver. Se esqueceu do motivo de ter me levado hoje?

Sem esperar resposta, ela se levantou, ficou em pé ao lado da cama e estalou os dedos. Foi envolvida por uma onda luminosa passando como um flash. Em segundos a imagem da ruivinha desapareceu deixando uma Lizete no lugar, ainda vestida de jeans e blusa branca. A voz foi a da Lizete:

— Faça como da outra vez. Venha me apalpar para ver se sou de verdade.

Felipe estava boquiaberto, respirando com dificuldade, todo nervoso.

— Você conseguiu... Está pe... pe... perfeita...

A nova Lizete, ex-Abadia, puxou os cabelos para trás da orelha, exibindo os brincos.

— Ainda não sabe disso. Precisa experimentar!

Ela abriu os braços, esperando. Sorria um sorriso safado, cada vez mais provocante.

Felipe começou a se mexer devagar, incrédulo, esticando uma mão para tocar as costelas da morena cor de mel. Depois se levantou e a abraçou, como havia feito com a ruiva antes do chuveiro, repetindo o beijo de cinema. Tremia de excitação.

— Deixei as roupas para você tirar. Ou quer o modo expresso?

— Te respondo depois de me beliscar e acordar desse sonho.

Ele a derrubou na cama, sem conseguir se controlar. Naquele momento não estava em condições de pensar em nada, nem na ruivinha. Se rendeu aos instintos mais básicos.

Acordou sozinho, já com o dia claro, sentindo-se muito bem. Foi para a cozinha procurar um copo de iogurte. Chamou:

— Abadia?

A fada saiu do banheiro vestida de volta no corpo da ruivinha.

— Já acordou, amor? Achei que dormiria mais um pouco.

— Estou ótimo. Sem sono e descansado, só com um pouco de fome. Você tem participação nisso, né?

— Te dei uma carga rejuvenescedora, mas não eliminei sono ou fome. Seu corpo está se ajustando às suas performances. Você foi fantástico ontem. Pensei que ia ter um treco.

— Tive motivo e inspiração.

— Você está falando da Lizete, não de mim. Não importa, não sou ciumenta.

Abadia parecia um pouco cansada, diferente dos outros dias. Felipe notou a diferença.

— Sem você eu nunca teria conseguido. Mas você não disse que se alimenta do meu calor? Se fui tão bom assim, por que não está radiante? Está mentindo só para me fazer feliz, Abadia?

— Entendeu tudo errado, querido. Sim, eu me alimento da energia vital gerada pelo seu corpo. Absorvo pela pele no contato direto. A Lizete é mais alta e mais voluptuosa, então tem mais pele. E do jeito como você estava excitado eu me alimentei muito mais do que esperava. Fiquei transbordando de energia, como uma glutona.

— Então por que está mais cansada?

— Por gastar a energia extra e mais alguma. Esperava repor quando você visse a reforma do banheiro. Guardei um pouco para a troca de corpo.

— Qual reforma?

— Tirei a ideia da sua cabeça, mesmo você não falando nada. Outro dos seus desejos secretos para eu realizar. Venha ver.

Ele foi puxado pela mão até o menor dos cômodos do apartamento. Teve um choque ao passar pela porta.

O banheiro ao qual ele estava acostumado tinha 3 metros por 1,60. Suficiente para a pia, o vaso sanitário e o box do chuveiro, onde duas pessoas entravam abraçadas. Nas paredes tinha o armário, um espelho, o suporte das toalhas e a pequena janela da ventilação.

O local onde entrou segurando a mão da Abadia era uma grande área, cercada de vegetação natural, com uma piscina de pelo menos 5 metros por 3 bem no meio, com tubos de madeira posicionados como fontes. A profundidade devia ser de cinquenta centímetros, com água quase até a borda. Um degrau lateral sob a água estava posicionado para servir de banco. Ao lado da piscina havia outro cômodo com jeito de vestiário. Tudo bastante claro, iluminado por espelhos e luz natural.

— Co... Como isso é possível?

— O princípio do realinhamento interdimensional. Você viu isso naquela barraca de camping do Harry Potter, lembra? Ou na nave *Tardis*, do Doctor Who. Maior por dentro, pequeno por fora. O banheiro antigo está no fundo do vestiário.

Ela estalou os dedos. O ruído abafado de um motor no meio da vegetação se fez ouvir, jorrando água pelos tubos de madeira. No meio da piscina a água começou a se mover, entrando por um lado e escorrendo pelo outro.

— Está aquecida a 28 graus. Fiz várias viagens ao Japão enquanto você dormia, procurando por dados técnicos e de arquitetura. Ficou parecido com as Onsen na sua cabeça. Só não tem as japonesas, mas posso providenciar algumas se te fizer feliz.

— Abadia, não acredito que fez isso para mim!

Ela puxou os cabelos ruivos para trás da orelha, lembrando alguém. Estava sem brincos.

— Gastei a energia extra absorvida de você. É um presente seu para você mesmo. Agora, se me agradecer for a sua vontade, posso vestir o corpo da Lizete e vamos experimentar a temperatura da água. Você tem uma hora e meia antes de ir trabalhar. Dá tempo de me reabastecer. Depois te preparo uma omelete.

O clone

Ter uma piscina dentro do apartamento ainda parecia algo inimaginável, mesmo depois de ficar mais de uma hora dentro dela, na companhia do clone da Lizete. Abadia realmente sabia realizar desejos. Aquele era um dos mais impossíveis, escondidos bem lá no fundo da mente. Nem ele mesmo sabia que desejava ter uma Onsen.

Sem nenhum compromisso agendado decidiu seguir para o Shopping. Tinha permissão para pegar passageiros lá. Só precisava entrar na fila de taxis. Era uma vantagem por estar cadastrado em companhias oficiais de Taxi. Os concorrentes cadastrados em outras companhias não-taxi trabalhavam como escravos sem ter os mesmos direitos.

O tempo parado tinha duas vantagens. Economizava combustível e podia atualizar o score nos joguinhos. Havia parado de jogar desde o dia da materialização de Abadia, quando foi derrotado vergonhosamente, confirmando o ditado popular: azar no jogo, sorte no amor. Mesmo as derrotas sendo em jogos de ação, não de azar.

Fazendo um balanço rápido, tudo havia mudado desde aquele dia. Ganhou uma companheira dedicada e submissa, não ficando mais sozinho nem um minuto. Dispensou a falsa companhia da TV. Bastava chamar a linda fadinha e ela surgia para satisfazer qualquer desejo, sem questionar e sem reclamar. Uma companheira perfeita, com a capacidade de trocar de corpo para evitar cair na rotina.

Mas uma coisa estava incomodando. Não suportava a sensação de estar traindo alguém.

Foi interrompido pelo movimento da fila. Avançou a distância de dois carros e parou de novo.

Retomou os pensamentos. Dormir com a ruivinha ou com a morena não era traição. Ambas eram personificações da mesma Abadia, a fada adorada.

O problema era a Lizete verdadeira. Uma noite na cama e mais um tempo na piscina foram a realização de um sonho secreto, maravilhoso. Sem o conhecimento ou a permissão da musa dourada, a dona do corpo. Alguma coisa, talvez chamada de consciência, martelava na cabeça dele gritando que aquilo não estava certo.

Perdeu a concentração no jogo. Abriu o browser para assistir um filminho enquanto a fila permanecia parada. Naquele horário havia mais pessoas chegando do que saindo.

Como no automático, abriu o site onde a jovem atriz interpretava o cosplay de fada, com roupinhas Pink e asinhas de arame nas costas. Desta vez não admirava só a imagem e a performance dela. Havia experimentado aquele corpinho e sabia ser muito melhor do que a telinha do celular mostrava. Não havia nenhum tipo de traição ali. A atriz recebeu dinheiro para fazer aquela cena, com o propósito claro de excitar quem o assistisse. Havia uma autorização implícita. Abadia não cometeu nenhum deslize ao duplicá-la.

Copiar Lizete foi outra coisa.

Parou de pensar no assunto ao ver uma madame com sacolas acenando. Hora de trabalhar.

Chegou ao apartamento por volta das cinco horas, desejando um revigorante banho de piscina na companhia de uma ruivinha. Seguiu direto para o banheiro, para conferir se a decoração não havia mudado desde a manhã. Podia ter aparecido uma sauna junto do vestiário. A novidade foi duas espreguiçadeiras plásticas.

Sentada em uma delas, Abadia, no corpo da ruivinha, vestia um roupão branco, olhando em volta distraída com alguma coisa. Parecia uma esposa normal, não uma fada. Sorriu ao ver o dono se aproximando.

Felipe não resistiu ao sorriso. A abraçou apertado e cravou o beijo cinematográfico nos lábios dela, enquanto as mãos acariciavam o resto do corpo. Ambos precisaram de um minuto para recuperar o fôlego depois do beijo terminado.

— Querido, você está ficando bom nestes beijos. Anda treinando com alguém?

— Sim, com uma ruivinha magrela espetacular. Você está cada vez mais linda, Abadia. Te desejo mais a cada dia. Onde achou esse roupão? Não foi na minha cabeça.

— Não, querido. Passei o dia hoje arrumando detalhes aqui. Tem toalhas novas e trajes de banho completos no vestiário, masculinos e femininos. Já vi muitas Onsen quando estava no Japão no século passado mas nunca construí uma. É tão excitante. Eles as usam para banhos coletivos até hoje, como salas de visita.

Quando se moveu para apontar o vestiário, o roupão se abriu, expondo as pernas cruzadas dela. Felipe sentiu a excitação se manifestando.

— Você não está pensando em promover banhos coletivos aqui, não é?

— Só se te fizer feliz. Mas não sei quem convidar. Não achei muitos amigos na sua cabeça.

A informação pegou Felipe de surpresa. Nunca havia pensado nisso. Na verdade, os únicos considerados amigos de verdade eram Mauro e Lizete. Jamais convidaria os dois para um banho em grupo, conhecendo as atitudes do amigo.

— Abadia, esqueça isso. Não preciso de banhos assim. Sou feliz tendo você comigo, variando os corpos que veste. Não foi o que combinamos?

— Sim, você está certo.

— Como foi o seu dia de construtora? Tem algum motivo para estar usando este roupão?

— Só arrumei coisas aqui. Comecei mudando algumas plantas de lugar e fixando outras que estavam soltas. Não usei mágica, quis experimentar atividades manuais. Me sujei toda de terra. Caí na besteira de me lavar na piscina, entupindo os filtros. Desmontei cada um para limpá-los. Depois senti falta das toalhas. Sintetizei várias pois não sei onde comprá-las aqui por perto. O roupão veio no pacote. Vesti um depois do chuveiro.

Enquanto falava foi a vez da parte de cima do roupão se abrir, deixando ver uma parte dos seios.

— Devia ter pedido ajuda. Fiquei muito tempo parado no ponto. Limpar os filtros sem mágica deve ter sido um trabalho pesado.

— Resposta afirmativa para as duas questões. Foi um trabalho pesado e eu tive ajuda. De um homem forte.

— Você sintetizou um cara? Alguém esteve aqui te segurando?

— Um homem me segurou tempo suficiente para eu assimilar como fazer a cópia. Na forma de varinha e na forma humana. Quase não usei energia mágica.

— Que cara, Abadia?

Ela se recostou na espreguiçadeira, tentando arrumar o roupão. Não conseguiu. Precisou se levantar e desamarrar o cinto, para ajustar tudo. Ao abri-lo, Felipe viu a nudez dela por baixo da roupa. Foi um movimento rápido, suficiente para acelerar o coração dele. Ela continuou, como se não percebesse a reação.

— Esse teu ciúme é delicioso! Estou falando de você, meu amor. O único homem com quem tive contato físico, desde que vesti um corpo humano. Quando precisei de um homem forte pedi ajuda para o seu corpo.

— Você me copiou?

— Cada detalhe. A proximidade com a sua mente aumentou, sem recorrer ao elo mental. Conheci mais alguns desejos secretos escondidos bem lá no fundo. Posso realizá-los para você.

— Do que está falando? Não tenho desejos escondidos.

— Tem sim. Por exemplo, achei os vídeos gays que você assistiu e te excitaram.

— Você não devia ver isso! Só assisti por curiosidade...

— Não precisa assumir esse lado defensivo comigo, amor. Eu não sou humana. Não tenho preconceitos, não tenho pudor e não julgo. Só realizo desejos. Quer conhecer o seu próprio corpo de uma forma inesquecível?

— Eu não sou gay, Abadia.

— Sei disso, querido, e sei muito bem! Não precisa ser gay para brincar com o próprio corpo. Considere masturbação. Você gosta!

— Você está invadindo minha privacidade!

— Minha função é realizar todos os desejos do meu dono. Seria mais fácil se você me contasse quais são e me deixasse realizá-los. Eu não precisaria vasculhar suas memórias, procurando coisas para te fazer feliz.

— O que isso tem a ver com minha felicidade?

— Você admitiu estar curioso. Satisfazer uma curiosidade é muito gratificante, quando se tem os meios. Mais ainda quando ninguém sabe. Como olhar por um buraco de fechadura.

— Não é a mesma coisa.

— Vou te mostrar.

Ela se levantou, deixou o roupão se abrir e estalou os dedos. A ruivinha dentro do roupão foi substituída no mesmo momento por um clone do Felipe, descalço e nu.

O recém-chegado se ajoelhou, desabotoando as calças do Felipe original, paralisado pela surpresa. Abadia prosseguiu com o ataque, conforme havia visto nos filminhos.

Felipe se recuperou tentando se afastar, mas tropeçou nas calças abaixadas perdendo o equilíbrio. Deu tempo de Abadia estalar os dedos novamente. As roupas dele e o roupão desapareceram antes dos dois caírem na água.

Seguiu-se uma luta sem violência, uma Wrestling gay dentro da água, onde um tentava imobilizar o outro numa posição desconcertante. Ambos se revezavam no agarra-agarra, fazendo a alegria de Abadia pelo excesso de contato físico.

Felipe não sabia o que pensar ou como escapar, tentando não ficar em desvantagem. Lutava consigo mesmo, no corpo e na mente. Começou a gostar da situação, ao pensar que não haveria vencedor e nem perdedor. Sabia do adversário ser Abadia o tempo todo, lutando apenas com os conhecimentos extraídos da cabeça dele, provocando uma luta justa.

Mas não era um lutador profissional. Logo começou a se cansar, ao contrário do adversário, alimentado pela energia extraída do calor do momento.

Foi derrotado pela fada mais uma vez.

Ela estava certa. A experiência foi inesquecível, proporcionando um tipo de prazer que ele sequer suspeitava. De todos os lados.

Titia

Abadia estava novamente no corpo da ruivinha, vestida com o roupão branco. Felipe havia saído para trabalhar sem falar com ela. Estava monitorando as memórias recentes dele, através do elo mental, para saber qual o pensamento atual do dono.

Pode senti-lo no carro, aguardando passageiros na fila do Shopping. Com uma enorme dose de orgulho masculino ferido. Demoraria algum tempo até ele admitir ter sentido prazer. Ela estava aprendendo a conhecer a lógica masculina.

Durante milhares de séculos foi apenas uma expectadora do comportamento humano, sem nunca se preocupar com os bastidores atrás de cada ordem recebida. Teve muitos donos e donas, simplesmente emitindo ordens, as quais ela obedecia sem questionar.

Formou harens para alguns, dizimou exércitos para outros, eliminou concorrentes em situações militares, políticas e amorosas. Aceitava aquilo como normal. Era sempre a lógica masculina, mesmo naquelas vezes quando a proprietária da varinha era mulher.

Em quase todas as situações as fêmeas eram tratadas como objetos. Algumas vezes como recompensas, outras como pivôs das disputas entre machos.

Mesmo os donos de harens só se importavam com a quantidade de cabeças no rebanho, um símbolo de poder para exibir aos amigos. Raramente davam a atenção merecida pelas companheiras subjugadas. Exigiam para a varinha fornecer mulheres em quantidade, fossem quem fossem. Era ela quem raptava camponesas, apagava memórias e as entregava para os donos. Algumas vezes conseguiu oferecer uma vida melhor do que teriam nas aldeias, em outras apenas condenou-as à infelicidade. Nunca se importou, desde que o dono dela ficasse feliz.

Até mesmo Felipe, o primeiro a não pedir nada e a tratá-la como mulher, sabendo ser uma varinha de madeira, só via nela um objeto sexual. Por culpa dela mesma.

Era um problema se queria fazê-lo feliz. Precisava aprender a ser mais do que um objeto. Precisava aprender a ser mulher.

O interior da cabeça dele não ajudava. Só tinha mulheres objeto. Trocar de roupa foi uma experiência. O roupão a tornou mais humana, sem a fantasia da fada. O elogio de Felipe confirmou ser o caminho certo, mesmo não sendo um traje pessoal.

Mas não podia usar mágica para criar um guarda roupa completo, infringindo a regra de não se beneficiar diretamente.

Ligou a TV, procurando dicas de como mulheres se comportam e se vestem.

Estava perdida em pensamentos quando foi despertada pela campainha do apartamento.

Entrou em pânico. Estava sozinha. Reativou o elo mental para chamar Felipe. Ele estava com uma passageira e pelo jeito demoraria pelo menos mais duas horas para ficar livre.

Teria de resolver o problema por conta própria. Estalou os dedos e se transformou no corpo do Felipe, vestido com roupas do guarda roupa dele. Foi atender a porta. A mulher entrou sem pedir licença:

— Que bom que está em casa, Felipe. Não foi trabalhar hoje?

A visitante devia ter por volta de quarenta anos, aparentando um pouco menos. Era óbvio cuidar da aparência mais que tudo. O corpo podia ser de uma jovem recém-saída da adolescência, dentro da saia justa e da blusa transparente, deixando visível todo o contorno do sutiã. Era vários centímetros mais baixa que Felipe, a forçando a esticar os pés para beijá-lo no rosto, mesmo estando calçando saltos altos. Abadia encontrou a identidade da mulher nas lembranças, quando as duas se alojaram no sofá, depois da mulher observar tudo em volta, como se estivesse conferindo a decoração. Abadia desligou a TV, calando as mulheres reclamando de traição dos companheiros no programa da tarde.

— Tia Dolores, não esperava sua visita.

— Por que essa formalidade? Não sou mais apenas a Titia? Você fica tanto tempo sem dar notícias, parece ter me esquecido. Eu que preciso vir saber como está se virando.

— Estou bem, Titia. O taxi consome todo o meu tempo. Tenho um passageiro agendado para daqui a pouco, por isso me encontrou em casa.

Ela fez um muxoxo, fingindo contrariedade. Respondeu forçando o sorriso.

— Não precisa me dispensar assim. Não pretendo demorar. Tenho manicure marcada. Só vim te trazer as novidades.

Abadia estava em modo gravador, memorizando toda a conversa para repetir ao dono quando ele chegasse.

— Que novidades, Titia?

— Seu tio morreu, lá na Argentina. A família dele lá não permitiu avisar ninguém no Brasil. O enterro foi na semana passada.

Abadia presumiu o que Felipe responderia. Não havia memórias recentes do tio, mas outras estavam bem vívidas.

— Credo, Titia. A Bibi deve estar arrasada.

— Essa é a outra novidade. Ela voltou ao Brasil depois de dez anos. Está doidinha para te ver. Vai subir depois de estacionar o carro.

— A Bibi está aqui?

Nas lembranças de Felipe, Bibi era uma magricela tipo tábua, de oito anos, sardenta e irritante. Foram criados juntos por quatro anos, até o tio pedir o divórcio e levá-la embora para a Argentina. Era estranho pensar numa menininha de oito anos estacionando um carro. Mas eram lembranças já com dez anos.

— Acho que não vai ficar muito tempo. Está vendo um emprego de modelo, com viagens frequentes. Agora que está livre do Gonzales, quer aproveitar a liberdade e a juventude.

— Emprego de modelo?

O sorriso da tia aumentou, revelando o orgulho da escolha da filha.

— Sim, não sabia que ela se tornou modelo? Estava trabalhando nisso em Buenos Aires.

— Não, a senhora nunca me contou.

— Está vendo? Agora virei senhora. O que houve com o você? É por isso que não me visita? Tem medo de mim, Felipe?

Como se estivesse com calor, a tia desabotoou um botão da blusa, deixando visível uma parte do colo.

— Claro que não, Titia. Por que teria?

— Desde que saiu lá de casa, sinto você me evitando.

— Não é isso. Só estou tentando achar o meu lugar.

— Pode voltar lá para casa quando quiser. Nunca vou abandonar o filho do meu irmão. Por falar nisso, ainda tem dinheiro?

— Tenho, Titia, obrigado. Só usei a herança do papai para comprar o carro e dar entrada nesse apartamento. Sobrou bastante. E o taxi me sustenta.

— Guarde um pouco. Seu pai sempre fez isso. É o motivo de você ter uma herança.

— Ele podia ter usado esse dinheiro para se cuidar melhor.

— Usou, mas sempre esteve mais preocupado com a sua mãe. Ficou arrasado quando o câncer a levou. Não demorou muito para ele a seguir. Não podiam viver separados.

— E me deixou para você, com apenas dez anos.

— Você era, e ainda é, muito importante para mim. Me ajudou a cuidar da Bibi. Ela só tinha quatro quando você veio morar comigo.

— Somos como irmãos.

— Você é mais que isso para ela. Mas vamos falar de coisas mais alegres. Está namorando muito?

— O que significa namorar muito?

— Seu pai foi um namorador inveterado, até conhecer sua mãe e ser domado. Você se parece com ele. Namore o máximo que puder, até conhecer alguém que te ponha uma coleira. Isso está no nosso DNA.

— Mas você não foi domada.

Ela fez um gesto de desdém com a mão, revirando os olhos, como se falasse de uma intimidade. Acompanhado de um sorriso sedutor.

— Não, eu não tive essa sorte, ainda. Ou esse azar.

A campainha interrompeu a conversa. Abadia foi abrir.

86

Banho de bacia

Outra surpresa aguardava do lado de fora da porta.

A nova visitante era uma loira de cabelos compridos, do tipo *Barbie*, da mesma altura da mãe, incluindo os saltos altos. Vestia um conjunto azul claro, combinando com os brincos e a pulseira, com a calça acinturada e folgada nas pernas. A blusa curta deixava a cintura à mostra, preenchida por dois volumes balançando soltos ao sabor da gravidade. Tinha pele clara bronzeada pelos pampas argentinos. Um batom discreto delineava a boca bem-feita.

Não se parecia em nada com a magricela sardenta de oito anos.

Abriu um sorriso espetacular ao fixar os olhos azul anil no primo.

— Felipe? É você mesmo? Não errei de porta e estou no esconderijo do Capitão América?

Abadia não sabia como reagir. Improvisou.

— Sou, se você me provar que é a Bibi.

Ela se atirou nos braços dele o enchendo de beijos no rosto.

— Sou eu mesma, seu bobo, só dez anos mais velha. Que saudade!

A tia interrompeu.

— Cuidado, Bibi. Ele está todo formal hoje. Daqui a pouco vai ficar te chamando de Abigail.

— Mas é o meu nome, embora só seja conhecida como Bibi. Pouca gente sabe disso.

— Bom, deixarei vocês se atualizarem. Vou para a manicure. Não precisa me levar, Felipe. Vocês devem ter muita coisa para conversar.

Abadia suspirou aliviada por não ter de levar a Titia. Seria complicado explicar a ausência do carro.

Dolores se despediu com beijos protocolares e se retirou, deixando a fada disfarçada fazer sala para a Barbie saudosa. O casal seguiu para o sofá, de mãos dadas, por iniciativa da loira. O modo gravador continuava ativo.

Bibi não parava de falar sobre os dez anos vividos com o pai na Argentina.

— Papá não me deixava ser modelo de jeito nenhum. Dizia ser uma coisa de mulher leviana. Acho que se referia à Mama. Foi um sufoco fazer os cursos e as entrevistas escondidos dele. Foi sorte nós termos muitos amigos por lá.

Abadia abriu a boca para falar, mas preferiu apenas ouvir.

— Acredita que sei cavalgar? Foi depois que ganhei um cavalo, lá na *hacienda*. Batizei o coitado de Felibobo, por causa dos olhinhos tristonhos. Adoro meu cavalinho, já fiz fotos com ele.

Bibi trocava de assunto conforme ia se lembrando. Abadia só concordava com a cabeça.

— Não tive sossego no Colégio. Tinha um bando de caras me seguindo o tempo todo. Uns idiotas, *maricones*.

Vinte minutos depois, a conversa se aproximava dos fatos mais recentes.

— Tive de trancar a Faculdade, ainda no primeiro semestre, por absoluta falta de tempo. Mas vou voltar, assim que as agências me derem uma folga. Tenho compromissos agendados até o meio do ano.

Quando Bibi fez uma pausa maior para respirar, Abadia narrou as memórias de Felipe, recuperadas daquele período de tempo. Chegaram no último ano juntos, antes da separação.

Bibi tocou no ponto:

— Lembra quando eu te chamava de marido? Passei toda minha adolescência pensando no nosso casamento. Papá nunca desconfiou.

— Nós éramos crianças. Tudo era brincadeira.

— Eu tinha oito mas você já tinha quatorze. Podia ter me contado que era brincadeira.

— Não tive tempo. Você foi embora.

Abadia fingiu um sorriso sem graça de Felipe. Não podia haver maior mentira para uma criatura milenar. Bibi reagiu, sem entender o motivo do sorriso.

— Eu não fui embora. Fui levada embora, depois daquela briga entre Papá e a Mama. Ele nunca me disse o motivo da separação. Demorou uns anos até eu perceber.

— Eu sabia. Foi por causa dos namorados dela. Mesmo casada ela tinha namorados.

— Tem até hoje. Fiquei sabendo só quando entrei para o colégio. Acho que tinha doze anos. Foi numa tarde quando tentei ligar para ela e a empregada me contou sobre o namorado e a praia. Não foi um choque, acho que eu já esperava.

— E o seu pai? Ele se casou de novo, não é?

— Demorou até ele encontrar alguém. Minha madrasta não é muito legal, ela me vê como se eu fosse igual minha mãe. Prefiro tentar me arranjar por aqui. Vai me ajudar?

— Claro, Bibi. Farei tudo ao meu alcance.

Abadia considerou aquela como uma resposta natural do Felipe.

— Afinal, você é o meu marido, não é?

Os dois riram com a observação. Mas então a conversa tomou outro rumo.

— Felipe, lembra da nossa última tarde juntos?

— Do banho de bacia? Claro, como esquecer daquilo?

A tia havia saído para um dos costumeiros passeios dela, provavelmente um encontro. Deixou as crianças sozinhas em casa, numa tarde quente. A brincadeira inventada foi colocar uma bacia grande na área de serviço, enchê-la de água e tomarem banho juntos, ela vestida apenas de calcinha e ele em um calção folgado. Bibi repetiu a expressão saudosa, lembrando da infância, dez anos antes.

— Eu nunca esqueci, te garanto. Nem de quando você abaixou a minha calcinha.

— Era só uma brincadeira infantil. Não tinha maldade, pura molecagem mesmo. Mas você também tentou tirar o meu calção, em represália.

— Tentei, não. Eu tirei mesmo.

— Eu queria impedir, mas fiquei com medo de te machucar. Você era uma menina muito fracote.

— Não era não. Deixei um moleque de quatorze anos pelado.

— Então a tia chegou brigando com o tio. Foram discutir no quarto e tivemos tempo de nos vestir e arrumar tudo. Nunca ficaram sabendo.

— Depois da discussão ele foi para um hotel, praticamente me arrastando junto. Naquela mesma semana Papá me pôs no carro e me levou para Buenos Aires. Nem nos despedimos. O que teria acontecido se eles não tivessem chegado naquela hora?

— Acho que a gente acabaria rindo muito ou brigando. Eu tinha quatorze, mas você era novinha demais para qualquer outra coisa.

— Felipe, você tem uma bacia aqui nesse apartamento?

Abadia se arrepiou. A proposta era clara demais. Tentou o elo mental para saber de Felipe. Estava com outro passageiro e ainda demoraria para chegar.

Por outro lado, captou a emanação de energia vital crescendo no corpo da loirinha. Era uma experiência nova. Se recusasse podia estar destruindo uma oportunidade de Felipe resolver um trauma de infância, algo com interferência direta na felicidade do amo. Uma fada não tem escrúpulos. Uma varinha mágica também não.

— Bacia é coisa antiquada, Bibi. Tenho algo melhor. Venha ver.

O falso taxista pegou a mão da *Barbie* com firmeza, a guiando até o banheiro.

Ela estranhou, mas o seguiu prevendo ver uma banheira, arregalando os lindos olhos cor-de-anil depois de passar pela porta. A vegetação oscilava com uma leve brisa, a última novidade criada pelos ventiladores ocultos pela fada, no mesmo ritmo das pequenas ondas na água da piscina.

— Mas o que é isto?

— É a minha sala de visitas íntima. Acabei de reformar, derrubando dois quartos. Ninguém vai nos interromper aqui.

— Devia ter dito logo. Perdemos muito tempo naquele sofá.

— Ainda te vejo como uma menininha frágil. Tenho medo de te machucar.

— Deixa de ser bobo, seu bobo. Vamos continuar de onde paramos, dez anos atrás.

Ela se ajoelhou para tirar as calças dele.

— Felipe, como você cresceu!

94

Bibi

Felipe chegou um pouco mais tarde nesse dia. Eram quase vinte horas. Queria estar no ponto da Faculdade às vinte e duas. Significava tomar um banho rápido, talvez sozinho, e uma refeição ligeira. Caminhava devagar entre o estacionamento e o elevador.

Ainda se sentia envergonhado, sem coragem de encarar Abadia. Não a culpava pela iniciativa dela na noite anterior, mas pela fraqueza dele. Era derrotado em todas as disputas diretas com ela, não importava qual o tipo de jogo.

Ao abrir a porta do apartamento, outra surpresa.

Abadia estava sentada no sofá, assistindo a TV. De pernas cruzadas, deixando boa parte delas expostas pela abertura do roupão branco. Estava com os cabelos ruivos muito bem penteados, com um coque sobre a cabeça, liberando mechas em volta do rosto. A expressão dela estava séria, mesmo quando olhou para ele. Era a imagem da esposa perfeita esperando pelo marido.

Ele entrou, fechou a porta e ouviu naquela voz calma com a capacidade de derrubar qualquer marido:

— Precisamos conversar.

Ele desabou. Fascinado pela beleza da mulher e destruído pela insegurança alimentada o dia inteiro. Seguiu até o sofá e se ajoelhou aos pés dela, tentando desviar os olhos das coxas dela e tentando segurar as mãos delicadas.

— Abadia, preciso te pedir desculpas.

Ela o olhou com mais atenção, quase arregalando os olhos maravilhosos.

— Do que você está falando, Felipe?

— De ontem. Acho que não fui legal com você. Não estava preparado para a luta na piscina e muito menos para o que veio depois.

— Ah, isso? Relaxa. Eu estava até pensando em me candidatar para ser a sua personal trainer, nessas lutas caseiras.

Ele desabou de novo. A reação dela era completamente oposta ao esperado.

— Isso eu posso topar, fadinha. Mas antes preciso comprar alguns calções esportivos, para mim e para você.

— Falamos disso depois. O que tenho para te dizer é sobre outra coisa. Sente-se aqui, ao meu lado.

— Está me deixando preocupado. Saiba que adorei o penteado. Você está divina! É sobre isso?

— Não. Passei quase o dia todo assistindo programas femininos na TV. Não tem nenhum assim na sua cabeça. Devia ver alguns.

— Faremos isso no fim de semana, eu e você. Mas então, qual o assunto da conversa?

— Sua tia esteve aqui. E trouxe a Bibi.

Ele gelou, de boca aberta. Se arrumou melhor no sofá, ficando de frente para ela, desistindo de procurar varizes inexistentes nas coxas. Não conseguia sequer imaginar o ocorrido.

— O que houve? Elas estão bem?

— Elas estão ótimas. Eu vesti o seu corpo e as recebi como se fosse você. Não consegui te chamar pelo elo mental, você estava ocupado. Vieram avisar que seu tio faleceu há uma semana, lá na Argentina.

Felipe nunca foi muito chegado no tio.

— Não conheci o tio Gonzales muito bem. Elas desconfiaram de você?

— Acho que não. Conversamos bastante. Vou te passar as lembranças das conversas pelo elo mental, pois interessam a você. A tia está preocupada porque você não a visita e não dá notícias. Acha que você tem medo dela.

Ele assumiu a posição defensiva, assustado.

— Ela falou algo? Não ligue, ela sempre inventa alguma coisa...

— Felipe, calma! Ela não falou nada demais. A conversa foi sobre seu tio, depois sobre seu pai e como você ajudou com a Bibi quando os dois eram crianças. Nada estranho, tudo normal. É uma mulher muito bonita e ficou pouco tempo. Tinha compromisso com uma manicure.

— Normalmente as manicures dela são homens. Alguns atendiam a domicílio, quando eu ainda morava na casa dela, depois da Bibi partir.

— Interessante. Ela confessou ser namoradeira, igual ao seu pai quando solteiro. Disse ser genético e recomendou a você namorar bastante, antes de ser domado. Concordo com essa posição.

Com a conversa mais amena, Felipe voltou a segurar as mãos dela, tocando de leve o joelho desnudo.

— A tia Dolores é maluca. Eu já namorava bastante, só não quero compromisso nesse momento. Agora com você na minha vida, não preciso de mais ninguém.

— Eu não posso ser sua namorada. Nem humana eu sou.

— Isso não importa. Eu te quero desse seu jeitinho.

Ela puxou as mãos, afastando as dele.

— Estava pensando na Lizete. Você é louco por ela, uma humana da melhor qualidade. Está na sua cabeça. Mas agora acho que você tem um problema.

— Qual?

— Bibi. Ela te considera o marido dela.

Felipe se afastou como se fosse levantar. Abadia o puxou pela mão, o forçando a permanecer sentado.

— Aquela maluquinha é outra biruta. Não passa de uma criança.

— Felipe, ela não é mais criança. Tem dezoito anos e se tornou uma das modelos mais lindas que já vi. Ela pode ser louca, mas por você.

— Do que está falando?

— Nossa conversa foi sobre vários assuntos, relembrando coisas de infância, sua e dela. Tive de esquadrinhar as suas memórias, para conseguir manter um diálogo convincente. Cheguei até nas coisas mais bem guardadas.

— Está me assustando, Abadia. Quero saber tudo o que conversaram!

— Já disse, não precisa se preocupar. Vou passar as conversas completas para sua mente. Mas já adianto. Ela quis continuar o banho de bacia no ponto em que vocês pararam.

— Você a levou até a piscina?

— Sim, mas para ela a atitude foi sua. Ela adorou!

Ele se levantou, subindo as mãos até a cabeça.

— Ai, meu Deus. Estou ferrado!

— Eu não diria isso. Você só tem de decidir entre ela e a Lizete. Sugiro ficar com as duas.

— Abadia, você é outra maluca!

— Bibi vai trabalhar como modelo, viajando bastante. Não estará aqui o tempo todo. Lizete não parece estar interessada em casamento, nem em compromissos fixos. Eu te ajudo a preparar uma agenda conciliando seu tempo entre elas. Com espaço para me alimentar também, é claro.

— Estamos falando de dividir o tempo de duas mulheres e elas nem sabem sobre esta conversa. Não acha necessário elas consentirem antes?

— É possível. Você precisa falar com a Lizete. Eu já sei a opinião da Bibi.

— E como sabe isso? Ela te falou?

— Não só falou como mostrou.

— Abadia, me deixe assimilar tudo isso antes do meu cérebro virar geleia. Venha cá. Você está linda demais e ainda nem te beijei.

— Não se faça de rogado. Te acho muito travado, depois de conhecer sua tia e sua prima. Até seu pai devia ser mais solto.

— Você está me provocando.

— Se estou errada, me prove.

O abraço apertado e o beijo foram quase desesperados nessa noite, acontecendo já no final da conversa. Toda a animosidade desapareceu.

— Você também parece mais solta, fadinha.

Ela abriu um sorriso sedutor como ele nunca havia visto.

— Tive uma aula diferente hoje, querido. Não foi baseada em imagens da sua cabeça e nem em coisas assistidas como expectadora. Aprendi muitas coisas novas, do mundo real.

— Quero essas lembranças. Sou seu dono e estou manifestando um desejo.

Ele pedindo algo com todas as letras provocou um arrepio de satisfação nela.

— Vou entregá-las. Mas antes quero te mostrar uma coisa.

— Mostre. Não é outro cara pelado, né?

— Melhor. Muito melhor.

Abadia estalou os dedos. O lindo corpo da fadinha foi substituído por uma Barbie loira real, de carne e osso, vestida de azul claro como a original se apresentou. Ela usou o mesmo sorriso encantador visto à tarde, ao falar:

— Deixe me apresentar: sou Abigail, a versão atualizada da sua priminha magricela e sardenta. Pode me chamar de Bibi.

Felipe engoliu em seco. Gotículas de suor surgiram na testa dele. Como acontecia algumas vezes, gaguejou de nervosismo.

— Nã... Nã... Não pode ser. É linda demais. Não pode ser aquela maluquinha.

— É ela mesma, seu bobo. Uma cópia fiel da sua priminha. Quero ver quem você vai escolher, este corpo ou a Lizete.

— Posso te tocar para saber se é real?

— Claro. Mas antes vamos até a piscina. Vou te mostrar o que ela fez com você hoje à tarde, de livre e espontânea vontade. Me superou em termos de realizar desejos secretos.

A modelo argentina

Abigail voltou para o carro como se estivesse em outro mundo. Jamais imaginou aquele desfecho para o reencontro com Felipe. Os poucos dias restantes no Brasil não seriam nada chatos. Sonhava com isso desde os oito anos, antes de saber do que se tratava, mas sempre foi só um sonho infantil.

Felipe entrou na vida dela quando ela tinha apenas quatro anos, seis menos que ele. A mãe era carinhosa, mas estava sempre ocupada. O menino logo se transformou na babá ideal. Era quem dava banho nela, a punha na cama, a ajudava a comer, segurava na mão dela quanto estava assustada e fazia o papel de cúmplice nas broncas, mesmo quando ele era inocente.

Desde sempre tomavam banho juntos, ela de calcinha e ele de cuecas. Ele por ser menino e ela por ser menina, segundo a mãe. Era tudo o que precisavam saber naquela época e era suficiente. As crianças cresciam juntas, sem malícia e sem maldade.

Tinha oito anos quando o primo foi tirado da vida dela, na semana da brincadeira com a bacia. Foi a primeira vez que o viu totalmente pelado, um adolescente já com quatorze anos e aquela imagem ficou gravada para sempre na mente dela.

O pai tinha dinheiro. No Brasil, antes da separação, trabalhava com a venda de carne argentina. Depois da mudança, comprou terras e passou a criar gado de corte. Pode contratar uma babá de verdade para ela nos primeiros anos em Buenos Aires. Ela era bem cuidada, mas a saudade do primo doía. A puberdade chegou junto da época de ir para o Colégio. As mudanças no corpo fizeram aquela imagem do primo ficar mais vívida, quando começou o assédio dos meninos. Algumas coisas começaram a fazer sentido, no início bem devagar. Nasceu o desejo por coisas proibidas.

Todos elogiavam o que ela estava se tornando. Uma linda jovem do tipo Barbie, a boneca de brinquedo usada como símbolo da adolescência. Gostava das comparações. Deixou os cabelos loiros crescerem, aprendeu a andar com os seios empinados, usava roupas justas e se acostumava com as atenções recebidas de todos os lados.

Foi quando o pai começou a persegui-la, exigindo compostura para não seguir o caminho da mãe.

Quanto mais ele proibia mais ela fazia o contrário. Conseguiu o apoio de colegas do colégio, rapazes e moças, para fazer cursos de dança ou posar para fotos, cabulando aulas. Aos quinze anos fez algumas fotos nua para um professor cheio de promessas falsas de carreira e sucesso. Só descobriu o golpe depois de entregar a virgindade e ser abandonada pelo cafajeste.

Depois disso algumas colegas a iniciaram no negócio de encontros por dinheiro. Conheceu homens bem mais velhos, ainda mais cafajestes e até algumas mulheres, todos com dinheiro para pagar *Bibi, La Barbie Dorada*.

Quando completou dezoito anos, já era uma acompanhante conhecida nas altas rodas de Buenos Aires, com algum dinheiro guardado. Foi quando o pai descobriu tudo e teve o infarto fatal. Foi ela quem pagou as despesas do enterro.

A madrasta a pôs para fora de casa. Só havia se passado uma semana desde o enterro e já havia uma disputa pela herança, por direito deixada para a filha legítima, incluindo a casa, a *hacienda* com todo o gado de corte e o cavalo. Abigail conseguiu um advogado entre os clientes influentes e partiu para passar alguns dias com a mãe, no Brasil, enquanto o processo contra a madrasta tomava forma.

Durante todo o tempo na Argentina, o pai havia cortado relações com o Brasil. Ela havia descoberto o endereço e telefone da mãe através dos clientes com contatos brasileiros. Precisou de muita coragem para fazer a ligação. Dolores recebeu a filha pródiga de braços abertos, sem conhecer a história verdadeira.

A recepção no Brasil a fez repensar muita coisa. Os olhos da mãe transmitiam orgulho pela filha bem-sucedida. Quando falou para Dolores da intenção de arrumar um emprego de modelo e iniciar vida nova, não estava mentindo. Só precisava resolver a questão da herança, para vender tudo e se estabelecer perto da mãe.

Reencontrar o primo foi um fato surpreendente. Foi como nascer de novo, para uma vida interrompida há muito tempo. O adolescente nu da imagem carregada pela vida inteira foi substituído por um homem lindo, adulto, sem a ignorância infantil. Com aparência do Capitão América. Ambos sabiam o que precisava ser feito e o fizeram.

Embora Felipe tenha se mostrado um pouco inexperiente, mas isso não importava. Ela sabia muito bem como fazer aquilo e assumiu o controle, tornando a relação muito mais deliciosa. O nervosismo dele era natural.

O primo ainda era o único homem no mundo que podia tê-la de graça e a qualquer momento. Ele fazia parte da vida dela. Sempre fez.

O que faltava agora era organizar a volta para Buenos Aires. Não podia deixar o advogado sozinho, a mercê da madrasta. Talvez precisasse suborná-lo com mais dois ou três encontros.

A velha tinha outros meios de subsistência. Não precisava roubar os bens do velho Gonzales deixados para a filha. A briga prometia.

Podia marcar o voo de volta para a metade do terceiro dia à frente. Daria tempo de mais uma visita ao Felipe, para passar não uma hora, mas uma noite inteira.

O primo parecia carente. Precisava de mais uma aula, dada por alguém com a devida experiência. Sorriu só de pensar na possibilidade.

Ligou o carro alugado e foi cuidar de negócios.

Uma vizinha atenciosa

A programação diurna da TV é uma fonte inesgotável de programas para o público feminino. Abadia estava encantada. Tinha dicas de como produzir as unhas, como se vestir, como andar, como falar, como se pentear, o que fazer para agradar o marido ou como se livrar dele. Só precisava filtrar as informações úteis das fofocas gratuitas.

O mundo real se apresentava completamente oposto daquele na cabeça do Felipe.

Algumas coisas davam resultado imediato. Apenas usar um roupão e um penteado havia arrancado elogios dele. Se pudesse usar a mágica em si mesma faria muito mais estragos.

Estava vendo um programa de culinária quando a campainha tocou.

Pensou antes de atender. Podia ser a tia procurando pelo sobrinho. Ou a Bibi procurando pelo primo para algo mais.

Se usasse a aparência do Felipe novamente poderia ser pega em alguma armadilha da qual não saberia sair. Mágica faria mais estragos do que bem.

Havia visto na cabeça do Felipe a resistência dele para usar corpos sem autorização do copiado. Mas neste caso era uma necessidade. Atender a porta como uma ruivinha fantasiada de fada ou usando um roupão fugia das boas maneiras vistas nos programas de TV. Usar a aparência do Felipe ou da Bibi seria arriscado, se fosse a original ou a mãe do outro lado da porta. Ignorar a campainha seria muita falta de educação e uma desistência de viver uma nova aventura. Sempre podia se livrar definitivamente da visita, se fosse uma ameaça à felicidade do dono.

Encontrou uma saída. Se transformou na Lizete, com blusa branca, calça jeans e sandálias pretas, e foi abrir a porta.

O rapaz não conseguiu esconder a surpresa ao deparar com uma morena do tipo miss. Um brilho de predador acendeu nos olhos dele.

— Oi, bom dia. Estou procurando o Felipe, o taxista. O porteiro me indicou este apartamento. É o lugar certo?

— Sim, é aqui. O senhor é um cliente dele?

A pergunta foi protocolar, pois Abadia reconheceu o homem, assim que olhou para ele.

— Não exatamente um cliente. Sou um amigo antigo, meu nome é Mauro. Mauro Alphonso Bodres, seu criado. Você é a namorada dele?

A apresentação foi antiquada, uma forma antiga de tentar impressionar, como se o nome completo significasse algo. Abadia não se alterou.

— Não, sou Lizete, a vizinha do outro bloco. Estou ajudando Felipe com a arrumação do apartamento enquanto ele está trabalhando.

— Estou preocupado com ele. Esteve comigo ontem e estava muito alterado. Vim ver se está melhor.

O assunto conseguiu atrair a atenção dela.

— Entre. Sente-se ali no sofá.

Ela se posicionou no outro lado do sofá, sentando sobre uma perna para ficar de frente e conversar.

— Sei que ele chegou tarde ontem. Não vi o taxi no estacionamento quando subi. Estava alterado como?

O homem não tirava os olhos dela, oscilando entre o rosto, a blusa e as calças jeans justas. Se estivesse usando saia, os olhos dele teriam saltado das órbitas.

— Felipe estava muito nervoso, quase transtornado. Só o vi daquele jeito uma vez, quando recebeu duas multas no mesmo dia. Não falava coisa com coisa.

— Ele me pareceu normal quando me interfonou esta manhã. Me pediu para arrumar o apartamento e deixou a chave com o porteiro. Faço isso uma vez por mês para ele. Em troca ganho carona até o Shopping quando preciso. Não sabia desse comportamento nervoso dele.

Abadia sabia o motivo real e inventou a mentira, para não complicar ainda mais a vida do amo.

— Não é normal nele. O conheço desde menino, por isso vim ver como ele está. Achei que não fosse trabalhar hoje.

— Agradeço muito pela sua preocupação. Contarei ao Felipe da sua visita, quando ele voltar. Disse que ele falava coisas desconexas. Eram sobre o quê?

— Ele pensa estar sendo dominado por uma varinha mágica. Fala como se realmente acreditasse nisso.

Abadia recebeu um choque.

— Como assim, varinha mágica?

— Disse ser dono de uma varinha poderosa, capaz de realizar qualquer desejo. Tem uma voz dentro da cabeça dele dando ordens.

— Ele te falou quais desejos quer realizar?

— Não, só disse que a varinha invade as memórias dele e acha as coisas mais secretas. Me deixou realmente preocupado. Ele não costuma mentir, então pode estar doente.

— Ou não. Sabia que ele realmente tem uma varinha mágica?

— Você já viu? Isso é verdade?

— Ele me mostrou uma vez. Até fez uma folha verde virar vermelha. Não revelou o truque.

Um pouco de verdade dava credibilidade para as outras mentiras.

— Isso piora as coisas. Nunca imaginei o Felipe lidando com Ocultismo ou Magia Negra.

— Por que pensa ser isso?

— Ele estava estranho demais. Só pode ser alguma coisa do mal.

— Agora sou eu quem está preocupada. Vou falar com ele.

Essa parte não era mentira. Precisava rever a relação com Felipe. Se o estava prejudicando de qualquer forma, exigia mudanças. Não devia tê-lo feito transar consigo mesmo antes de uma boa conversa. Embora o corpo dele reagisse conforme o esperado, a cabeça parecia não ter acompanhado. Ela sabia como o corpo sentiu, pois estava numa cópia igual. Conhecia todas as ações e reações, ativas e passivas.

Mas o amigo não sabia, e nem devia saber, de metade da verdade.

— Lizete, é o seu nome, né? Sabe se o Felipe leva a varinha com ele, quando vai trabalhar?

— Quanto ao meu nome, sim. Quanto à varinha, não leva. Ele a deixa guardada aqui no apartamento. Ele quase foi assaltado estes dias, não arriscaria uma coisa assim.

— Sério? Disso ele não me falou.

— Foi um casal de assaltantes. O levaram para algum local deserto e queriam tomar o carro e os pertences dele. Alguma coisa os assustou e Felipe conseguiu escapar. Ele estava bem nervoso quando me contou. Deve considerar a varinha valiosa, e por isso a deixa aqui.

— Parece que vocês são muito próximos. Não estão mesmo namorando?

A virada na conversa exigia uma mudança de atitude, mais próxima das reações da verdadeira Lizete.

— Conversamos bastante, mas sou apenas uma amiga. Qual a relação disso com o assunto?

— Desculpe, não quis ser intrometido. Se Felipe tivesse uma namorada de verdade, talvez não precisasse se envolver com bruxaria.

— Ou ela poderia ser quem o levasse. Felipe me parece muito sugestionável.

— Sim, tem razão. Já tomei muito do seu tempo. É bom saber da melhora dele, se voltou ao trabalho.

— E eu agradeço sua preocupação. Prometo falar com ele.

Mauro se despediu com um aceno, não sem antes medir a morena de alto a baixo, enquanto ela se levantava.

Abadia notou ele passar pela porta encarando a fechadura, mas não deu atenção a isso. Trancou a porta e tirou a chave depois do homem sair. Facilitava para Felipe entrar com a própria chave.

Depois estalou os dedos para retornar ao corpo da ruivinha. Foi para o banheiro pintar as unhas dos pés e das mãos, antes da chegada do amo e senhor. A próxima conversa seria bem leve, sobre assuntos triviais, nada tenebroso. Evitava se exaltar.

116

Passageira perdida

O dia já estava bem avançado, mas não conseguia esquecer a conversa com Abadia na noite anterior. Foi de derrubar o astral de qualquer um.

O novo penteado simples, apenas um rabo de cavalo preso por elástico, caiu perfeito no rosto juvenil da pequena fada. O elástico foi encontrado nas gavetas dele, sem aparecer por mágica. As unhas pintadas revelavam a preparação dela para recebê-lo, pensando em fazê-lo feliz. O que atrapalhou foi a expressão tristonha e desanimada dela. Ela contou o motivo, bem calma.

— Seu amigo Mauro esteve aqui hoje, procurando por você.

— Você o recebeu usando o meu corpo?

— Não, podia ser a tia ou a Bibi tocando a campainha. Não quis te complicar mais. Nem este corpo seria adequado, com as minhas roupas ou o roupão. Usei a aparência da Lizete.

— Está brincando, Abadia? Ele viu a Lizete aqui, no meu apartamento?

— Calma, não houve nada. Sim, conversamos no sofá. Ele estava muito preocupado. Falou sobre você o ter procurado, muito nervoso.

— Sim, eu estava muito confuso. Mauro é meu melhor amigo, a quem eu recorro quando preciso desafogar alguma coisa. Mas é muito galinha. Não quero contato dele com a Lizete e nem com você. Ele não te encheu de cantadas, né?

— Essa é uma preocupação da Lizete verdadeira. Eu sei me defender, fique tranquilo.

— Vou mandar instalar um olho mágico na porta para você ver quem está do lado de fora. Se for ele, pode ignorar.

— Não posso usar mágica em proveito próprio.

— Não é mágica, é só o nome do dispositivo. É um tubinho com uma lente, para ver quem está do outro lado na porta. O que ele queria?

— Saber de você. Desconfia de estar envolvido com Magia Negra, bruxaria ou alguma entidade do mal.

— De onde ele tirou essa ideia?

— Você reclamou para ele de ter más influências na sua cabeça.

— Abadia, não está pensando que eu estava falando de você para ele, está?

— Felipe, não minta para mim. Eu estou te fazendo mal?

— Não, querida. Eu não disse isso. Você é quem cuida de mim, quem eu adoro. Sei que nunca me faria mal.

— Mas você disse a ele que eu invado suas memórias e fico dando ordens dentro da sua cabeça.

— Eu estava nervoso, amor. Nem sabia direito o que estava dizendo. Sabe, é como se estivesse bêbado, sem autocontrole.

— Não precisa justificar. Eu entendo.

— Mas você está chateada.

— Minha função é realizar desejos e te fazer feliz. Eu existo só para isso. Mas tem vários jeitos de cumprir meu destino. Evitarei te pressionar mais.

— Não entendi.

— Vou esperar você me dizer quais desejos quer realizados, assim como todos os meus donos anteriores fizeram. Suas memórias e individualidade serão preservados.

— Abadia, deixa disso. Eu preciso de você na minha cabeça.

— Você precisa de mim é do seu lado. Sabe como funciona. Pense no seu desejo e me dirija o pensamento. O elo mental será usado só nessa função, como foi feito por milênios.

O resto da noite prosseguiu no mesmo clima. Abadia jogou videogame, assistiu filmes pornôs da Internet na TV, ganhou um capítulo de novela aparentemente mais inocente numa tentativa de suborno, o beijou várias vezes e dormiu com ele. Mas fez tudo de modo mecânico, sem calor e sem alegria. A noite foi péssima.

Ele saiu para trabalhar sem vê-la. Nem no quarto, nem na cozinha, nem na piscina. Devia estar recolhida dentro da varinha. Ainda pensou em abrir a gaveta da sala e acariciá-la, mas desistiu no último minuto.

Uma imagem o assombrou: se Abadia fosse uma mulher real podia estar chorando em algum lugar. Sentia-se péssimo. Nunca foi bom em reconciliações.

Seguiu para o ponto do Shopping tentando se concentrar no trabalho. Mal entrou na fila, uma mensagem chegou ao celular, de um número oculto. Tinha habilidade para digitar como se estivesse falando por voz, usando só os dedões.

"Senhor Felipe, está disponível?"

"Sim, quem é?"

A resposta demorou quase dois minutos. Faltava a mesma agilidade para a pessoa na outra ponta.

"Meu nome é Maria Aparecida. O senhor não me conhece mas foi muito bem recomendado, por isso o estou chamando. Pode vir me buscar?"

"Posso, estou livre agora. Onde está?"

"Na Estação Brás do trem, cheia de malas."

"Fique do lado de dentro, com as malas. Só saia quando eu avisar que cheguei. Estou a caminho, devo demorar 20 minutos."

Esperava encontrar a rota livre, sem congestionamentos. Era um local de difícil acesso, exigindo cortar caminho por ruas estreitas. Se desse sorte os guardas o permitiriam se aproximar da estação, na área reservada para taxis. Talvez a estimativa de vinte minutos tivesse sido otimista demais.

Chegou na calçada ao lado da Estação cinco minutos atrasado, sem ter visto nenhum guarda. A qualquer momento um deles surgiria para mandá-lo sair. Guardas sempre alegam que só os taxis credenciados podem pegar passageiros, em quase todos os lugares onde existe grande número de pessoas. É uma forma de agradar os amigos deles, quase sempre com segundas intenções, remuneradas.

Mandou a mensagem tão logo parou o veículo, sem desligar o motor.

"Pode sair. Estou esperando junto da calçada." e incluiu a placa do carro.

Esperou por quase quinze minutos, sem resposta. Desceu do carro tentando ver se havia outras calçadas com alguma mulher sofrendo com malas. O cheiro de urina naquele local era insuportável.

Só viu o guarda se aproximando:

— Moço, essa área é restrita. Proibido estacionar!

— Só estou aguardando uma passageira, é rápido.

— Pior ainda. Motoristas de aplicativos devem entrar naquela fila lá, é o regulamento!

— Vai ficar longe, seu guarda. A mulher está cheia de sacolas.

— Ela pode pegar um dos credenciados, lá na saída. Se o senhor insistir, vou ter de multar.

Felipe olhou outra vez para o celular. Nenhuma resposta. Teve de ceder entrando no taxi e saiu procurando outro lugar para parar. Rodou por mais meia hora circulando pelas ruas próximas da Estação, sem encontrar um local adequado e sem nenhuma outra mensagem.

Foi obrigado a desistir da corrida. Ficava muito frustrado quando esse tipo de coisa acontecia. E com raiva pela falta de educação da mulher, omitindo qualquer satisfação.

Estava voltando para o ponto do Shopping, sabendo da necessidade de entrar novamente no fim da fila. Toda uma manhã perdida. Abriu os vidros para ver se o ar puro melhorava o humor. O tempo ameaçava complicar, com o céu cheio de nuvens escuras. O vento trazia cheiro de chuva.

Era quase meio dia quando aconteceu, bem na hora de parar para o almoço. Começou a manobrar para sair da fila. Uma dor de cabeça lancinante o fez pisar no freio abruptamente, evitando a batida com o taxi da frente, mas quase provocando outra com o carro vindo atrás. O motorista de trás desceu do carro e avançou na direção dele, gritando palavrões.

Quando o outro taxista chegou perto, ele foi reconhecido, mesmo com as duas mãos apertadas contra a cabeça.

— Felipe, o que está havendo? Está passando mal?

A dor diminuiu tão repentinamente como surgiu, deixando só umas pontadas. Felipe só disse uma palavra:

— Abadia!

Depois gritou para fora, tentando desfazer a confusão no rosto do colega:

— Desculpa, Pedrão.

Manobrou o carro tão rápido quanto o espaço permitia, fez meia volta e saiu acelerado do Shopping.

Os outros taxistas em volta do Pedrão, só comentaram:

— Enlouqueceu!

O homem concordou para os colegas:

— Aquilo foi sintoma de AVC. Tomara que ele chegue logo num hospital. Moleque teimoso, podia ter deixado a gente ajudar!

Ladrão

Algumas horas antes, Felipe estava sendo observado ao sair do apartamento. Mauro ficou escondido no fundo do estacionamento, atrás de uma coluna. Vestia o macacão de eletricista, o mesmo usado nas ruínas. Era uma precaução.

Viu o amigo sair do elevador e entrar no taxi, com cara de frustrado. Pela expressão, alguma coisa com a morena havia dado errado. Só mesmo o amigo para brigar com um espetáculo de mulher como aquela. Se fosse ele, só sairia do apartamento depois do almoço, sorridente.

Ficou mais um bom tempo escondido, observando o movimento. Esperava que a morena, Lizete, saísse depois do Felipe. Era improvável ela já estar morando no apartamento, mas a possibilidade de ter passado a noite era bem possível. Felipe já havia dormido com muitas passageiras, depois contando as façanhas para o melhor amigo. Quem tem um apartamento próprio não precisa de motel.

Uma hora de espera não mostrou a morena, nem saindo, nem entrando. Felipe já devia estar longe, mas ainda queria ter certeza.

Trocou o chip do celular, colocando um pré-pago usado em poucas ocasiões e enviou a mensagem cifrada para o amigo. Era divertido se fazer passar por uma Maria Aparecida.

Felipe caiu como um pato, o eterno salvador de donzelas em perigo. Daria pelo menos umas duas horas de folga.

Seguiu para o elevador, como se fosse um eletricista comum. Chegou ao andar de Felipe sem ser notado.

Por precaução colou o ouvido na porta, tentando ouvir qualquer barulho. Só silêncio.

Pegou a gazua retirada das ferramentas do pai e a usou para abrir a fechadura comum, observada na véspera. Violar fechaduras foi a única coisa bem aprendida, caso pretendesse seguir a profissão de chaveiro. Entrou no apartamento pé-ante-pé, evitando fazer qualquer ruído. Confirmou estar sozinho, sem ninguém na sala, quarto ou cozinha. Jamais pensou em conferir o banheiro.

Mais relaxado começou a procurar no quarto. Abriu as gavetas, o guarda-roupa, todos os bolsos das roupas penduradas, olhou sob o colchão, atrás da decoração e até sob o tapete. Nada.

Se tinha alguma coisa a fazer pelo melhor amigo, era livrá-lo da varinha enfeitiçada, tirando-o da influência da Magia Negra ou de qualquer coisa maligna. E se aquela varinha ajudava atrair mulheres do naipe da Lizete, ele, Mauro, faria uso muito melhor. O tonto do Felipe tinha problemas em lidar com mulheres de primeira. Que ficasse com as dondocas levadas no Taxi.

Decidiu procurar na sala. Repetiu a rotina de olhar sob o tapete, sob o sofá, atrás das decorações até chegar na cômoda perto da porta. Sempre com o cuidado de não fazer barulho e deixar tudo do mesmo jeito encontrado. Fazia um trabalho limpo, assim quando Felipe voltasse para casa seria desnecessário chamar a polícia, para dar queixa de invasão ou roubo. Quanto menos agitação, melhor.

Na primeira gaveta da cômoda encontrou uma cópia da chave da porta, presa em um chaveiro com uma bruxinha pendurada. Ficou imaginando qual tipo de meiguice faria Felipe ter um chaveiro como aquele. Continuou procurando sem sucesso nas outras gavetas.

Estava perto de desistir quando arriscou uma segunda tentativa.

Era quase meio dia quando achou a varinha bem escondida entre as dobras de uma toalha de mesa, como se alguém tivesse procurado o lugar mais macio para guardar uma joia. Pegou o objeto com carinho, fascinado pelo brilho do verniz. Realmente era um objeto impressionante, como se tivesse vida própria.

Sem conseguir se controlar, exclamou em voz alta:

— Agora você é minha!

Dentro do banheiro, Abadia cuidava das plantas, com as próprias mãos, desde Felipe ter saído. Foi o jeito encontrado para se distrair sem invadir a mente dele. Estava toda suja de terra, tentando não pensar na conversa da noite anterior.

Quando a frase do Mauro explodiu dentro da cabeça dela, o colapso começou. O equilíbrio das forças dimensionais se rompeu e tudo o que ela havia criado com as próprias mãos começou a se dissolver e a implodir. O espaço da piscina, as plantas, o vestiário, tudo começou a se contrair, para voltar ao que era antes.

Ela correu desesperada para o fundo do vestiário, sabendo ser impotente para evitar aquilo. Conhecia o fenômeno, embora nunca estivesse preparada para vivenciá-lo: a varinha a estava convocando de volta. Acontecia quando o dono morria ou era substituído.

Enquanto corria fez a única coisa possível naquela situação: juntou todas as memórias desde ter conhecido Felipe e as atirou no elo mental, milissegundos antes do elo ser desfeito.

Chegou ao fundo do vestiário no último segundo antes do colapso se completar. Mal tocou no espelho quando a escuridão a envolveu.

Felipe chegou vinte minutos depois. Parou o carro atravessado na entrada do estacionamento, com a porta aberta e chave no contato, saindo em disparada na direção do elevador.

Abriu a porta do apartamento com mãos trêmulas, deixando a chave cair várias vezes. Entrou ansioso chamando por Abadia sem receber resposta.

Ao entrar correndo no banheiro gritou de dor ao chutar o vaso sanitário e quase se estatelou contra o espelho. Tudo havia voltado ao que era antes, sem espaço, sem piscina e sem nada. O chuveiro estava pingando.

Voltou para a sala andando de costas, devagar, sem conseguir acreditar. Abadia se foi. A dor na canela era insignificante, perto de toda a dor no coração e na mente.

Ela foi embora chateada com ele. Tudo porque ele fez fofoca para o Mauro, como um maricas qualquer. Estava sentindo-se o mais miserável dos vermes, ao perder a companheira perfeita, só por causa de um orgulho idiota.

Andou até tropeçar no sofá e cair sentado. Ficou ali, sem motivo para levantar-se, fazendo um balanço de todo o acontecido desde o encontro daquela varinha coberta de carvão nas ruínas de um incêndio.

A melhor vida do mundo durou poucos dias, algo que ninguém nunca imaginaria e ele deixou a oportunidade fugir por entre os dedos, por pura idiotice.

Abadia não era apenas uma varinha mágica. Era todas as mulheres que quisesse ser e muito mais. Alegre, amorosa, atenciosa, linda de todas formas...

O deixou numa sala onde o som do silêncio doía.

Afundou o rosto nas duas mãos e deixou as lágrimas caírem, soluçando.

Decepção

Estava quase escurecendo quando o interfone tocou. Várias vezes. Felipe foi atendê-lo, só para a aporrinhação se calar.

— Oi!

— Seu Felipe, o senhor está legal?

— Estou, Seu Alfredo. Por quê?

— Tem um taxista, amigo seu, aqui na Portaria perguntando se o senhor foi ao hospital.

— E por que razão eu iria a um hospital?

— Ele disse que o senhor teve um AVC na hora do almoço e sumiu.

Felipe havia se esquecido completamente daquela reação.

— Pode ficar tranquilo, Seu Alfredo. Não foi AVC, foi só um mal-estar. — Olhou no relógio e completou. — Dormi a tarde toda e já estou melhor.

Com os olhos inchados como deviam estar, aquela era uma boa desculpa, caso precisasse sair. Lembrou de outra coisa.

— Seu Alfredo, e o meu carro? Ainda está na entrada?

— Alguém colocou na vaga para o senhor.

— Agradeço a atenção, Seu Alfredo. Pode dizer ao Pedrão que estarei no ponto da Faculdade, daqui a pouco. Só preciso de uma ducha para acabar de acordar.

Precisava conferir se estava tudo em ordem com o carro, mas não se sentia em condições de descer no momento. A ideia da ducha caiu bem.

Desligou o interfone e seguiu para o banheiro minúsculo. O chuveiro perdeu toda a graça, sem nenhum atrativo.

Tirou a camisa amarrotada, a jogou no cesto e estava lavando o rosto na pia quando notou um detalhe. A parte de baixo do espelho estava suja de terra. Sentiu um calafrio desde a nuca até o tornozelo ao entender o significado.

Mãos pequenas, trêmulas, haviam deixado um recado. Conseguiu ler três letras: M, A, U, depois a mensagem terminava de supetão.

Foi simples deduzir de quem se tratava, ao lembrar da conversa da véspera. Deu um murro na própria cabeça. Abadia não foi embora, foi raptada. Várias horas antes, enquanto ele ficava se martirizando.

Pegou a primeira camisa encontrada no guarda roupas e saiu correndo do apartamento, se vestindo no caminho do elevador. Encontrou o carro na vaga própria, com as chaves no contato. Anotou mentalmente a necessidade de agradecer a ajuda do bom samaritano, quando descobrisse quem foi.

Em meia hora estava na esquina da casa do melhor amigo, seguindo devagar e observando o movimento. Se o cafajeste teve a coragem de roubar a varinha, com certeza estaria esperando por ele. Havia uma SUV estacionada na frente da casa, algo fora do padrão. Voltou de ré até uma esquina antes. Estacionou sob árvores frondosas.

Seguiu a pé, atento. Cachorros distantes latiam, no quintal de alguém. Uma mulher passou correndo do outro lado da rua, fazendo exercícios. A brisa fresca, anunciando o início da noite, chacoalhava os galhos das árvores.

Dois homens conversavam na frente da casa. Oculto por outras árvores ouviu um trecho da conversa.

— Droga. Logo hoje essa vigilância tinha de aparecer. Queria assistir o futebol em casa.

O outro assentiu. perguntando:

— O Capitão te contou o motivo da gente estar aqui? Fui convocado sem explicações.

— Um ricaço chegou na cidade. Deve estar escondido, nesse bairro. Nunca fui chamado aqui. O cara pagou à vista, em dinheiro, por duas semanas da nossa segurança.

— Segurança contra o quê?

— Temos um alerta contra um homem branco, cerca de 25 anos, bem-apessoado e perigoso. Se disfarça de taxista. Vem perseguindo o ricaço por várias cidades.

O segundo acendeu um cigarro. Expeliu a fumaça para cima. Comentou.

— Esse perseguidor deve ser um corno chantagista. Explica o ricaço vir se esconder nesse bairro afastado. Mas seis homens acho muito. Dois dariam conta.

— O sujeito está apavorado. E se pode pagar, o Capitão manda até uma tropa inteira. Segurança Privada está pegando qualquer coisa, uma moleza dessas é difícil de aparecer. O chato é meu futebol ter ido para as cucuias.

— Usa o fone de ouvido da escuta e ouve pelo celular. Ninguém vai perceber. Tem mais gente para pegar o chantagista, se o meliante aparecer.

— Você quer dizer quando eles voltarem. Saíram já tem duas horas. O ricaço e quatro seguranças.

— Foram jantar, e depois numa boate. Sabe como é. Devem demorar no mínimo mais três horas para voltarem. Dá tempo de você ouvir o seu futebol sossegado. Vou fazer mais uma ronda.

Felipe voltou para esquina. Pegou o carro e o levou para mais longe, na direção da rua nos fundos da casa, aquela cheia de lixo. Achou um Posto de Gasolina fechado, com jeito de abandonado. Estacionou. Sabia do perigo de deixar o carro num lugar daqueles, mas o motivo justificava. Seguiu a pé até os fundos da casa do Mauro, onde havia o muro baixo, fácil de pular.

Alguns ratos correram nos montes de entulho empilhados na rua.

Não fazia barulho, para não atrair nenhum dos dois seguranças. A porta do quartinho de bagunças estava trancada por uma corrente e cadeado. Mas não precisou de nenhuma ferramenta. A fechadura quebrada na porta dos fundos permitiu entrar na casa.

A iluminação da rua permitia andar pela casa sem precisar acender nenhuma luz. Prestava atenção ao chão, para não pisar em nada e nem derrubar. Se Mauro foi para uma boate, a varinha devia estar na casa. Era um objeto muito valioso para ser exposto.

Chegou no quarto do falso amigo. Depois de uma revista minuciosa pelas gavetas, feita mais com o tato do que com a visão, encontrou o objeto procurado. Mesmo que Abadia não fosse mágica, ele a queria de volta, a qualquer preço. Era a companheira perfeita.

Segurou a varinha com as duas mãos, a apertando contra o peito. Murmurou:

— Você é minha para sempre.

Para ter certeza, apontou o objeto para a cama e voltou a murmurar:

— Materialize a Abadia para mim.

Um fluxo de partículas luminosas se concentrou sobre a cama, formando um corpo deitado. Ele olhou em volta, ouvindo tudo, para saber se as luzes haviam atraído alguém. Já pensava em alguma coisa para neutralizar qualquer invasor do quarto, usando mágica.

Não apareceu ninguém, e o corpo na cama estava irreconhecível.

Uma velha de cabelos brancos, vestida numa camisola, o estava encarando com olhos murchos. Com uma odiada expressão tristonha, já vista antes. Se ajoelhou ao lado da cama e abraçou a velha.

— Abadia, o que te aconteceu? Como desfazemos isso?

Ela o encarou.

— Eu te conheço? Porque estou aqui fora?

— Sim, Abadia, você me conhece. Sou Felipe, o seu dono.

— Lembro de ter um dono chamado Felipe. Eu gostava dele. Agora me mande de volta, está quase na hora.

— Você vai comigo, meu amor! Vamos consertar tudo.

— Estou muito fraca. Minha memória falha. Mas se está feito deve continuar. É a maldição. A energia do seu abraço é poderosa e é boa. Pode fazer duas coisas para mim?

— Eu faço qualquer coisa para você! Diga.

— Enquanto é meu dono, ordene para eu nunca te esquecer. Isso vai te fazer feliz, eu sinto.

— Abadia, para com isso. Vamos sair daqui...

— Ordene, você prometeu!

— Abadia, sou Felipe, o seu dono e ordeno que nunca me esqueça.

— Agora ponha a varinha de volta onde a achou e vá embora.

— Isso nunca!

— É meu último pedido. Sua energia poderosa me deu mais alguns minutos. Vá enquanto é tempo.

— Se você vai morrer ficarei junto até o último segundo...

— Eu não quero morrer. Vou me transformar. E você precisa estar longe quando isso acontecer. Vá, está difícil controlar. Preciso voltar para a varinha.

Ela fez uma expressão de dor.

Felipe a beijou, aquele beijo longo e apaixonado, mesmo sendo numa velha. Um leve brilho voltou aos olhos dela.

— Não imagina como isso me faz bem. Me deu mais algum tempo. Ponha a varinha onde a encontrou e vá, meu amor. Eu te chamarei quando for seguro.

Ele não sabia mais como agir. Ela entendeu. Se dissolveu e voltou para a forma de entidade, encerrando o assunto.

Felipe ouviu conversas na rua. Se os seguranças entrassem agora ele não poderia fazer nada. Não tinha mágica e era um invasor de domicílio.

Colocou a varinha de volta na gaveta e saiu da casa pelos fundos, tão sozinho como quando chegou. Exceto pelos guinchos dos ratos, correndo entre o lixo na rua.

O carro ainda estava no mesmo lugar. Voltou para o apartamento como um sonâmbulo, dirigindo por reflexo.

Socorro

Conseguiu estacionar o carro, agindo com um autômato e seguiu para o apartamento. Sentou no sofá olhando para a TV desligada sem sequer ver a sala. Se antes foi difícil pensar em abandono, agora pensar em Abadia morta era ainda pior. Mesmo se fosse só uma transformação, como ela disse, sentiu o cheiro de mistério atrás da conversa. Talvez fadas chamassem a morte de transformação.

De qualquer forma, sentia dificuldade em carregar o peso da dor sozinho. Foi para a cozinha e pegou o interfone. Discou o número de outro apartamento para onde nunca havia ligado. Ouvir aquela voz foi um alívio:

— Lizete, é o Felipe. Estou mal. Pode vir aqui?

— O que foi? Seu Alfredo me contou. Você quase teve um AVC. Precisa ir para o hospital?

— Tem AVC nenhum. Só preciso de alguém de verdade para conversar um pouco.

— Já vai começar a bajulação? Se for algum golpe para me dar uma cantada eu nunca mais falo com você.

— Lizete, para com isso. Acho que ela morreu, não é cantada.

— Ela quem? Sua tia?

— A minha varinha mágica.

— Caramba, você está mal mesmo. Se passou perto de um AVC, deve ser efeito colateral. Vou aí!

Em poucos minutos uma morena de fechar o trânsito tocou a campainha. Vestia uma mini saia bege, botas baixas e uma camisa do Manchester United. Se Felipe estivesse normal, a visão das pernas dela provocaria uma reação imediata. Mas ele nem percebeu.

— Entre. Obrigado por ter vindo.

— Que olheiras são essas? Você está horrível, precisa ser examinado. Quer ir para o médico? Eu te levo.

— Você nem tem carro.

— Te levo no seu. Fui eu quem o guardou hoje cedo. Aquilo é jeito de abandonar o seu xodó?

— Lizete, hospital é o último local para onde quero ir. Obrigado pela ajuda. Minha cabeça estava explodindo naquela hora, mas já melhorou.

— Nunca te vi assim. O que aconteceu?

— Minha varinha foi roubada. Pelo Mauro, meu melhor amigo. Acredita nisso?

— Todo esse baixo astral por causa de uma varinha? Vá buscá-la, compre outra, faça alguma coisa. Mas saia desse clima de enterro. Está parecendo um zumbi.

— Ela é mágica. Não é só um objeto de madeira. Mauro levou muito mais do que uma varinha. Você o conheceu.

— Conheci? De quem está falando?

— Você o recebeu anteontem, aqui. Conversou com ele.

— Felipe, você bateu a cabeça? Não estive aqui.

— Estou confuso, Lizete. Abadia já pode estar morta a essa hora.

— Quem é essa?

— Senta aí no sofá, vou te contar tudo, desde o começo.

Lizete continuava desconfiada, mas sentou-se, cuidando para a saia não subir muito. Felipe continuou.

— Eu achei a varinha há alguns dias, nas ruínas de um incêndio. Toda cheia de carvão e cinzas. Eu a lavei, com todo o cuidado. Ficou linda, brilhando. Então ela começou a conversar comigo.

— Sei, a varinha abriu a boca e começou a falar.

— Lizete, varinhas não tem boca. Era conversa telepática, dentro da minha cabeça. Ela chama isso de elo mental.

— Em outras palavras, você está ouvindo vozes. Vamos para o carro, vou te levar.

— Levar aonde?

— Para o médico, ora bolas. Definitivamente você não está bem.

— Espera, deixa eu terminar. Ela disse poder realizar todos os desejos do dono, ou seja, os meus. Era difícil de acreditar, então pedi para ela se mostrar. Abadia pegou uma imagem dentro da minha cabeça e apareceu, vestida de fada.

— Tá, a varinha sumiu e virou uma fada. E você acha que foi roubada!

— Para, Lizete, está bagunçando tudo. A varinha não sumiu, é a casa dela ou algum tipo de armadura. Ela só saiu para atender o meu desejo.

— Então você ficou com a varinha e com uma fada.

— Isso, começou a entender. Ela continuou dentro da minha cabeça, procurando mais desejos para realizar. Achou você.

— Como é?

— Tá bom, eu confesso. Sempre gostei de você. Abadia achou isso escondido na minha cabeça. Foi ideia dela te copiar, para me fazer feliz.

— Explica esse papo de cópia, agora! Alguém tirou fotos de mim, para se vestir igual?

— Aquele dia que te mostrei a varinha. Não teve foto nenhuma. Ela leu seu DNA e se transformou em você.

— Qual o objetivo de me copiar?

— Ela só queria me fazer feliz.

— Felipe, você abusou de mim sem o meu conhecimento?

— Não foi abuso, você estava junto comigo. Foi maravilhoso. Uma noite inteira e mais uma hora na piscina.

— Você levou minha cópia para a piscina do condomínio? Na frente de todo mundo?

— Claro que não, sua maluca. Foi na piscina do banheiro, aquela que Abadia fez para mim.

— Entendo. Você inventou essa história toda só para dizer que gosta de mim. É uma cantada bem original. Vamos conversar sobre isso depois do hospital. Ou o AVC também é falso?

— Lizete, não é mentira. Posso provar. Eu sei da sua pinta!

Lizete gelou. Esse era um segredo guardado a sete chaves. Só a mãe dela havia visto quando ainda usava fraldas, nem mesmo o pai desconfiava.

— Que pinta, seu demente?

— A que você tem escondida na parte interna da coxa, perto da virilha. Achei quando estava beijando o seu corpo.

Ela quase desmaiou de surpresa, raiva, irritação, tudo junto. Sentiu o rubor subindo pelo corpo todo. A pele cor de mel do rosto deve ter se tornado marrom.

— Não sei se me sinto lisonjeada ou se meto a mão na sua cara. O que houve depois? Que negócio é esse de piscina?

— Abadia fez uma dentro do banheiro. Lembra da barraca de camping do Harry Potter? Normal por fora e enorme por dentro?

— Sua varinha pode fazer aquilo? Quero ver!

— Pode fazer isso e muito mais. Tudo sumiu quando ela se foi. Ela fez cópias de outras pessoas, mas isso não vem ao caso. Quando Mauro veio me visitar anteontem ela usou a sua aparência para recebê-lo. Mas foi só para conversar com ele.

— Ah, tá. Essa varinha falante enxerida acha que pode me usar para qualquer coisa. Quero ter uma conversinha com ela!

— Lizete, ela não está aqui. Foi roubada pelo Mauro. Não sei o que ele fez, mas foi quase fatal. Fui buscá-la e ela não quis voltar comigo. Estava morrendo quando a vi. Ela não quer morrer na minha presença.

— Você deve estar muito apaixonado mesmo, para ficar desse jeito.

— Não, Lizete. Eu tenho, quer dizer, tinha um elo mental com ela. Nos últimos dias Abadia viveu dentro da minha cabeça realizando meus desejos. É um laço muito forte e agora só ficou um buraco. Minha cabeça não para de doer. A única coisa boa que sobrou nas minhas memórias é você.

— Se eu sumisse da sua vida você ficaria desse mesmo jeito?

— Nem pense nisso, Lizete! Minha cabeça implodiria no vácuo absoluto.

— Se não fosse pela história da pinta eu te levaria agora mesmo para uma clínica psiquiátrica, nem que fosse amarrado. Mas prefiro te dar uma lição, para encher essa cabeça oca para o resto da sua vida.

Sem hesitar ela tirou a blusa do time e a jogou no chão. Depois tirou o sutiã e começou a desabotoar a saia.

Felipe a olhava de boca aberta, sem poder acreditar no que via.

— O que está fazendo, Lizete?

— Vou te provar como cópia nenhuma chega aos pés da original. E quero ver com meus próprios olhos como você tratou a minha pinta.

A fera

Eram quase três horas da madrugada quando Mauro chegou em casa, acompanhado pelos quatro guarda-costas. Os outros dois seguranças continuavam fazendo rondas em volta do lugar.

Estava quase bêbado, rescendendo o perfume de todas as mulheres com quem havia estado, depois do jantar luxuoso. Aquela era a vida desejada, a qual acreditava ter direito, mas sempre faltou o dinheiro.

A varinha mágica foi um achado. Felipe era tonto demais, não precisava dela. Se aquela maravilha tinha alguma coisa ligada com Magia Negra, era a prova do inferno ser muito melhor do que todos pensavam.

Entrou no chuveiro relembrando todos os acontecimentos do dia.

Logo depois de achar o objeto saiu rápido do apartamento do amigo. Pegou um taxi na rua voltando direto para casa, com a intenção de aprender a usar a varinha. Foi fácil demais. Bastou apontar para a mesinha da sala e ordenar:

— Me faça cem dólares!

A nota apareceu sobre a mesa. Pegou o dinheiro, dobrou, amassou, virou contra a luz, cheirou. Só faltou lamber. Não era papel novo, aumentando a credibilidade. Tinha tudo para ser de verdade.

Deu outra ordem:

— Quero cinquenta moedas de ouro!

Uma pilha de moedas surgiu. Pesadas, brilhantes, tilintavam umas contra as outras fazendo um maravilhoso som dourado.

Continuou a brincadeira.

— Quero um baú de joias preciosas!

— Quero cinco milhões em dinheiro corrente em notas pequenas!

— Quero um terno italiano!

Lembrou do sobrenome do Felipe. Era um desejo antigo. Nunca gostou de ser um Bodres.

— Quero um passaporte com minha foto em nome de Ricardo Mastroiani.

O documento falso apareceu. Não era especialista, porém tinha certeza de conseguir passá-lo por verdadeiro.

Passou mais algumas horas pedindo coisas e vendo-as aparecer. A sala ficou abarrotada de tesouros.

Levou a varinha para o quarto.

— Quero uma cama baú king size com fechadura de segredo.

O móvel apareceu por cima da cama existente, provocando rangidos pelo peso extra.

— Varinha burra. Quero que a cama antiga desapareça.

A cama nova desabou no lugar da velha, fazendo um barulhão.

Entendeu a necessidade de especificar muito bem as ordens. Um pedaço de madeira não pensa por conta própria.

Trouxe todas as coisas novas da sala, arrumando com cuidado dentro do baú. Depois programou a fechadura, memorizando o código. Serviria como cofre até conseguir uma mansão adequada, abarrotada de sistemas contra incêndios.

Foi até o computador usado para estudar. Acessou a Internet procurando pelo endereço de um escritório de Segurança Privada. Era só uma questão de tempo até Felipe aparecer. Ligou perguntando o preço de uma equipe de seguranças por duas semanas. Soube do pacote de seis elementos.

Pegou a varinha novamente e foi até a garagem sempre vazia. Pediu um carro executivo alemão com chofer. Um carrão apareceu, do tipo limusine. Seguiu até o motorista.

— Sabe quem sou?

— Perdão, senhor, minha memória não está muito boa. Reconheço o senhor como meu empregador e conheço meu dever de não questioná-lo.

— Isto basta. Espere aqui, já vamos sair.

Voltou para o quarto com um sorriso no rosto. Trocou de roupas vestindo o terno novo. Ordenou para a varinha criar uma maleta executiva e a encheu de dinheiro. Uma hora depois voltava acompanhado de duas SUV cheias de seguranças.

Reanimado pelo banho depois de voltar da boate, onde gastou todo o dinheiro com mulheres e bebidas, decidiu encher a maleta novamente.

Trancou a porta do quarto, pegou a varinha, apontou para a cama e ordenou:

— Me faça mais 5 milhões em moeda corrente!

Umas poucas notas apareceram.

Mauro esbravejou.

— Droga, isso é hora de acabar a pilha?

Chacoalhou a varinha, a bateu contra a palma da mão, esfregou-a entre os dedos e repetiu a ordem. Mais uma nota solitária surgiu.

Mauro ainda tentou mais uma ordem:

— Me mostre como posso recarregá-la!

Dentro da varinha, a entidade consumiu a última dose de energia obtida de um beijo recebido poucas horas antes. Não conseguiu sequer extrair energia do calor do dono segurando o objeto. Completamente esgotada, ela desmaiou de fraqueza, acionando um mecanismo básico de defesa.

Sem consciência, foi dominada pelo instinto de sobrevivência, extraindo energia do ambiente, como fazia nas florestas pré-históricas. Luz e calor foram atraídos para as células em volta da varinha, criando um efeito incandescente.

Mauro jogou a varinha no chão, ao sentir a primeira queimadura. O brilho se expandiu, provocando um aumento no tamanho da varinha. Em menos de um minuto a coisa atingiu cerca de três metros de comprimento por um de diâmetro, e continuava aumentado. Quatro patas enormes apareceram. O lado apontado para a parede do fundo, cresceu mais e se afunilou, formando uma cauda. O lado apontado para Mauro inchou, formando uma cabeça arredondada. Toda a superfície se cobriu de escamas sobrepostas, verde esbranquiçadas. Mauro tentava se afastar da criatura, andando de costas, mas tropeçou na cama. Subiu nela, ficando em pé apoiado na parede oposta de onde o bicho estava.

Dois enormes olhos se abriram na cabeçorra quando ele notou uma linha formando a boca, de um lado ao outro daquela cabeça.

Os olhos avermelhados se fixaram nele. Tentou correr para a porta quando a boca se abriu. A cabeçorra se virou seguindo o movimento dele, enquanto a cauda da lagartixa gigante destruía os móveis do outro lado. Havia percorrido quase todo o caminho quando uma língua pegajosa, dura como aço, foi arremessada por quase três metros se enrolando no pescoço dele. Foi puxado violentamente na direção da boca. Não viu se o bicho tinha dentes, já chegando morto ao interior da boca, com o pescoço e vários ossos quebrados.

Três seguranças, alertados pelo barulho, arrombaram a porta, chegando a tempo de ver Mauro ser mastigado pela criatura. Os outros três estavam chegando. Atiraram no bicho, vendo as balas ricochetearem nas escamas. A lagartixa saltou com uma agilidade espantosa para o tamanho, se prendendo nas paredes e atacando com a cauda.

Os três primeiros foram arremessados contra as paredes laterais, os dois seguintes foram esmagados pelas patas e o último cometeu o erro de pôr a cabeça na porta para ver o que estava acontecendo. Foi capturado pela língua pegajosa.

Sem mais atacantes, o monstro voltou ao banquete, obtendo energia da forma mais básica possível. Devorando os corpos disponíveis.

No tempo dos dinossauros

A floresta fervia com todos os tipos de vida, cada uma procurando um lugar no processo da seleção natural. Apenas as espécies mais capazes conseguiriam se adaptar ao mundo ainda em formação.

A jovem lagartixa nem sequer pensava no dia seguinte, muito menos nos séculos ainda por vir. Corria pelos galhos das árvores colossais, abocanhando todas as criaturinhas encontradas pelo caminho. Besouros, libélulas, formigas, lagartas, todos eram capturados pela língua pegajosa e devorados, apenas por cometer o erro de cruzar o caminho do pequeno réptil. Pequeno se comparado aos demais sáurios, dos quais fugia a toda velocidade usando as patas poderosas, para não ser ela mesma devorada.

Tinha cerca de seis metros de comprimento, contando o corpo e a cauda, tudo coberto de escamas. A língua podia se desenrolar por outros três metros, usada para capturar mesmo os alimentos voadores.

Vivia nos galhos mais baixos, se protegendo das criaturas aladas sempre famintas e mortais. Era quase impossível escapar do voo silencioso de um pterodátilo, se não tivesse a proteção dos galhos grossos e raízes perto do solo.

Mas a curiosidade juvenil sempre despreza cuidados. Numa tarde bem ensolarada subiu para galhos mais altos, procurando uma nova visão da floresta. Os grandes olhos avermelhados estavam atentos olhando para cima, obedecendo ao natural instinto de sobrevivência. Ouvia o pio de muitos pássaros, indicando não haver predadores próximos. O mesmo instinto a fazia devorar qualquer animal menor, passando voando ao alcance da língua, sem sequer olhar a qual espécie pertencia. Alguns pássaros cantores distraídos foram silenciados e engolidos.

Sentiu um gosto diferente e delicioso ao mastigar um desses animaizinhos, distraída como estava, sem notar de onde havia saído. Ao engolir a presa um calor estranho percorreu todo o corpo dela, de dentro para fora.

Uma balburdia ecoou alguns galhos mais acima, afugentando muitas aves. Parecia um alarme avisando de alguma ameaça próxima. O instinto a fez correr para junto do tronco da árvore, onde poderia saltar para galhos mais baixos. A gritaria se aproximou e a envolveu, trazendo junto o farfalhar de centenas de asas, como um enxame de abelhas.

Eram centenas de ninfas, as criaturinhas mágicas de dez centímetros, encarregadas de manter a saúde da floresta. Tinham o poder de transformar energia em matéria, consertando arvores feridas, desentupindo córregos e riachos, controlando incêndios provocados por raios ou corrigindo qualquer ameaça para o equilíbrio das florestas. O deslocamento de ar provocado pelas asas agitava as folhas em cima, permitindo aos raios de sol refletirem nelas, provocando um efeito de luzes estroboscópicas.

A balburdia diminuiu quando outra ninfa usando uma coroa se aproximou, voando por baixo do enxame. Uma das mais tagarelas se dirigiu à recém-chegada.

— Alteza, não se aproxime demais. Esse monstro devorou a Florina.

A lagartixa entendeu o acontecido, ao ser chamada de monstro. Tentou explicar:

— Foi um acidente. Não pretendo atacá-las.

A tagarela voltou à carga:

— Está vendo, Alteza? O monstro já usa nosso poder contra nós. Vamos acabar com ele.

A lagartixa desconhecia a linguagem das ninfas. Percebeu estar falando por telepatia. A da coroa se impôs:

— Rosácea, não destruímos outros seres viventes sem um bom motivo. Mesmo os predadores. Explique-se, criatura.

— Eu não vi a que chamam de Florina, quando passou voando na minha frente. Estava olhando para cima, prestando atenção nas feras aladas. Foi um acidente. Não fiz de propósito.

— Entendo sua defesa, mas você continua sendo uma predadora de criaturas inocentes. Devorar uma Ninfa da Floresta é um crime imperdoável. Você precisa ser punida.

Rosácea gostou.

— Isso, Alteza. Vamos derrubá-la do galho e depois levá-la até os outros predadores. Tem uma cobra faminta caçando lá no chão.

— Rosácea, não agimos assim. Nós consertamos as coisas. Tragam um graveto.

— Alteza, só vai dar uma surra nela? Ela absorveu nossos poderes, vai se curar disso muito fácil.

— Rosácea, vamos conversar depois, em particular, eu e você. Todas as demais, deem as mãos. Precisamos nos unir para criar uma corrente de contenção para nosso poder.

Rosácea fez uma carinha de choro.

— Eu peço desculpas se a ofendi, Alteza. Não precisa nos punir.

— A contenção não é para vocês, é para ela, a criatura.

Algumas criaturinhas voadoras trouxeram o graveto, retirado de um galho quebrado. Tinha quarenta centímetros, nenhuma folha e era reto.

Todas as Ninfas, de mãos unidas para aumentar o próprio poder, ouviam a soberana.

— Criatura da floresta, este poder roubado de uma de nós existe para proteger e curar. É como deve ser usado. Não podemos retirá-lo mas posso criar regras e aplicá-las. A partir de hoje você habitará este graveto, se tornando parte integrante da floresta. Pode sair para se alimentar mas sempre retornando. Vai ensiná-la a respeitar todas as criaturas vivas. O poder não poderá ser usado em proveito próprio, mas em favor da espécie mais frágil existente nessa floresta, os humanos. Promoverá a felicidade deles. A mágica em você não será infinita. Quando a energia estiver prestes a se esgotar poderá optar entre abandonar a vida ou retomar sua forma animal para devorar o humano consumidor das suas forças, e assim se recuperar. É um castigo terrível, mas seu crime foi terrível. Assim será pela eternidade.

A lagartixa se dissolveu no ar, absorvida pelo graveto. Deixou de ser um animal, se tornando uma entidade consciente. As ninfas não alteraram a essência dela, conservando todos os instintos básicos, incluindo o de sobrevivência.

Um grupo delas levou o pequeno pedaço de madeira até o primeiro humano encontrado nas cercanias. Jogaram o objeto na cabeça do sujeito e se esconderam. O homem pensou ter sido alvejado por um galho caído das árvores. A distração quase lhe custou a vida. Um marsupial, ancestral dos gambás, com mais de dois metros estava escondido nas sombras, a quinze metros, aguardando pela presa.

Quando o caçador humano se abaixou para conferir o objeto, percebeu o bote do animal carnívoro, reconhecido pelas presas. Agiu por puro instinto, levantando o braço com o galho para se defender. Um relâmpago saiu da ponta do objeto atingindo em cheio o peito do marsupial durante a corrida. O animal caiu fulminado no chão úmido, arrastando folhas mortas por vários metros.

Caçador e entidade precisaram de alguns minutos para vencer o pânico e restabelecer o ritmo cardíaco. A primeira vez que a mágica foi usada para defender um humano, deu origem a uma lenda sobre paus de fogo caídos do céu.

Aquele caçador foi o primeiro dono, quando a ganância dos homens se resumia a conseguir comida. Ele guardou o graveto junto do peito, por dentro da roupa de peles. A entidade havia descoberto o poder de usar a energia da natureza e como absorver energia vital do dono, fazendo contato físico através da superfície do graveto, repondo a usada na produção do relâmpago. O uso da capacidade telepática veio depois. Os milênios seguintes foram de aprendizado, passando pelas mãos e pelas cabeças de todos os tipos de donos. Novas formas de usar a mágica foram descobertas, algumas para o bem do dono e outras para o mal dos adversários do dono.

No Século XVI o proprietário foi um artesão, quem esculpiu o graveto dando a forma de varinha.

A ganância evoluiu. Ela chegou a ter três donos diferentes no mesmo dia, passando perto da morte por inanição duas vezes. Um deles, o cavaleiro, pediu cinco castelos completos de uma só vez. Mal havia digerido o primeiro e o segundo a obter o poder, filho do primeiro, pediu para ela transformar uma colina em um reino. O terceiro durou um tempo bem maior e foi bem mais produtivo. Era o camareiro dos dois primeiros, usando a varinha interessado na cura da mãe e da irmã.

A jornada sofreu outra reviravolta ao chegar nas mãos do Felipe. O primeiro dono a tratá-la como outro ser humano, na forma de uma mulher.

Se pudesse continuar com um dono assim, a maldição ainda poderia valer a pena.

160

Melhores amigas

Lizete queria ficar na cama até mais tarde, mas Felipe estava muito agitado. A noite foi por demais intensa.

Aquilo começou com a intenção de ser um castigo para ele, depois daquela conversa fiada, mas mudou de figura em poucos minutos. Quando a ficha caiu e Felipe percebeu com quem estava, a musa desejada original, ele se transformou. Foi gentil e atencioso, mas com vigor, e provou saber lidar muito bem com a pinta escondida. Sabia mesmo onde estava e como agir. Derrubou todas as defesas dela.

A experiência com a cópia o ensinou a ser confiante. Até o dia clarear.

Felipe se levantou procurando por alguma coisa. Foi várias vezes ao banheiro, bebeu dois copos de iogurte, cheios, voltou até a cama para beijá-la com paixão, como se certificando de estar acordado e continuava agitado.

Ela precisou interrogá-lo:

— Felipe, o que você tem?

A linda morena se sentou com as pernas nuas fora da cama, puxando o lençol para se cobrir. Estava séria, aparentando preocupação. Puxou o cabelo despenteado caído na testa para trás da orelha, num gesto natural. Um dos seios ficou exposto.

— Não sei, Lizete. É como um pressentimento. Algo aconteceu, eu sinto isso, mas tem coisa faltando. Minha cabeça não para de doer, como se o cérebro quisesse sair.

— É ela de novo, não é?

A voz dela não denotava ciúme, mas um interesse legítimo em ajudar.

— Lizete, e se Abadia não morreu? E se está precisando de mim?

A morena sabia ser impossível concorrer com aquilo. Se levantou, abandonando o lençol sem pudor e se vestiu.

— Só tem um jeito de resolver isso de uma vez por todas. Vamos procurá-la. Você sabe onde ela pode estar?

— Como assim, vamos? Ela está na casa do Mauro, cercada por um bando de seguranças. Não vou te levar lá.

— Acha que um bando de babacas me assusta? Eu vou com você e pronto. Me dê a chave, eu dirijo.

— Ficou louca, Lizete?

— Ontem você estava derrubadão, precisando de um psiquiatra. Depois de uma noite inteira comigo deve estar ainda mais podre. Não discuta!

— Eu ainda estou com energia da Abadia. Aguento mais umas três noites com você, brincando. Sem dormir.

Ela avançou na direção dele com o indicador para cima, como se fosse fazê-lo calar a boca. No último momento, trocou o gesto por um beijo na boca.

— Conheço esse papo. Aí na hora não dá conta e vai me deixar frustrada. Vamos ou não?

Felipe entendeu. Se quisesse uma segunda noite teria de ceder. Deu de ombros e entregou as chaves.

O trajeto foi curto. A vantagem é que Lizete estava usando a minissaia bege. A visão daquelas coxas era indescritível. A desvantagem era não poder tocá-las, sob risco de baterem o carro.

Lizete foi orientada a parar na esquina antes da casa, para observação. Duas SUV estavam estacionadas na frente, mas não havia nenhum sinal dos ocupantes, em lugar algum. Nem sinal do morador.

Felipe voltou para a rua de traz. Era uma sensação estranha, segurar na mão de Lizete enquanto se escondiam e pulavam o muro. A minissaia ajudou bastante. Ela parecia gostar da excitação, proporcionada pelo perigo. Desta vez, para sorte dele, os ratos estavam dormindo. Só havia o barulho de vários passarinhos diferentes nas árvores balançando ao sabor do vento matinal.

Entraram na casa com jeito de deserta, sem ouvir nem ver ninguém. Com a luz do dia, foi mais tranquilo para Felipe seguir até o quarto. Foi onde encontraram o cenário de terror. Havia enormes manchas de sangue escorrido pelas paredes e poças pelo chão, os restos de uma carnificina. Mas nenhum corpo ou pedaço justificando aquilo. Lizete suportou bem o cheiro nauseabundo de sangue. Ela explicou.

— Já estudei enfermagem.

Felipe encontrou a varinha jogada num canto do chão. Estava limpa, com o verniz brilhando. Repetiu o ritual feito na véspera. A segurou com as duas mãos, aproximou do peito e recitou.

— Você é minha, para sempre. Jamais deixarei te levarem de novo.

Lizete só assistia.

— Então é isso? Agora você voltará ao normal?

— Lizete, acredite, tudo que te contei é verdade.

Ele apontou a varinha para um trecho limpo da cama e chamou.

— Abadia, quero te ver materializada.

O fluxo de partículas luminosas fez um corpo feminino aparecer no lugar onde ele apontava. Era a ruivinha, vestida na camisola velha, com olhos inexpressivos, apagados.

Felipe explicou.

— Ela ainda está estranha. Alguma coisa continua errada.

Lizete estava impressionada, tentando entender.

— Você falou numa fada. Está mais parecida com uma bruxa. Já vi pessoas assim, num sanatório para idosos.

— Ela ainda está fraca. Já sei o problema. Falta a minha energia. Precisa voltar para a minha cabeça.

Ele apontou a varinha para a própria cabeça e ordenou:

— Quero o elo mental restaurado.

Em seguida gritou, deixando a varinha cair e levando as duas mãos até a cabeça. A dor lancinante era como a sentida na véspera, porém mais forte. Desmaiou, caindo numa das poças de sangue. Lizete se atirou sobre ele tentando socorrê-lo, desesperada.

Sobre a cama Abadia tremeu, lentamente recobrando a cor dos olhos enquanto as memórias se ajustavam aos locais originais. Lembrou quem era. Ajustou o próprio corpo, devolvendo a cor acobreada aos cabelos, recuperando a pele, trocando a camisola de uma vida anterior pela blusinha e a minissaia Pink. Foi quando viu o casal. Gritou:

— Felipe!

A ruivinha saltou para o chão. Se atirou contra a boca do dono, empurrando Lizete e cravando um beijo apaixonado nele.

Lizete estava passada.

— Mocinha, como se atreve? Ele está comigo se ainda não percebeu.

A expressão da morena era de quem estava para cuspir fogo pelo nariz.

Terminado o beijo, Abadia se virou para Lizete abrindo um sorriso espetacular.

— Que ótima notícia, Lizete. Então ele finalmente se declarou.

— Do que está falando?

Lizete tinha os punhos fechados, ajoelhada sobre uma poça de sangue. Tinha sujado a saia e as pernas.

— Ora, de vocês dois, juntos. São um casal perfeito.

— Se você sabe disso, explica esse beijo. Na minha frente?

— Ah, isso? Não foi um beijo. Estou passando um pouco da minha energia para ele. Contato físico é mais eficiente que o elo mental.

— Mas você não estava fraca?

A tensão dela começou a diminuir. Conseguiu abrir os dedos.

— Estou, mas ainda tenho energia suficiente. Ele precisa mais que eu. Sofreu uma ruptura e uma religação de um elo mental muito violenta. Cérebros humanos não são preparados para isso. Ele poderia ter enlouquecido.

— Ele realmente não estava falando coisa com coisa. Me confundiu com você e você comigo. Pode curá-lo?

— A parte física sim, ele só precisa descansar por algumas horas. Vou mandar mais umas cargas de energia revigorante enquanto ele dorme. Mas a parte mental será mais difícil. Acho que ele depende de você para isso.

— De mim?

— Sim, Lizete. Ele é louco por você. Completamente apaixonado, desde muito tempo. Agora com vocês juntos, ele será muito mais feliz.

— Ele te contou e não me dizia nada?

— Ele não me contou. Eu li na mente dele. Se não te disse nada é porque se sentia inferior aos seus pretendentes. Não entendo esse tipo de atitude.

— Idiota, pura cabeça de homem. Eu não me importo com esse tipo de coisa. E se eu tivesse aceitado algum dos outros? Depois te conto o jeito dos cretinos pensarem.

— Mas estão juntos agora, não estão?

— Primeiro, vamos curá-lo. Depois tenho muito tempo para recuperar, antes de te responder. Ele me parece pesado. Como vamos levá-lo?

— O carro está longe? Precisa de um motorista?

— Eu vim dirigindo. Não confiei no estado dele. O carro está perto mas temos de evitar os seguranças.

— Eles nunca mais vão incomodar. Por falar nisso, tenho uma coisa para fazer antes.

— Cuidar dele não é o mais urgente?

— Sim, mas estou vendo suas pernas. E sua saia.

A morena só entendeu depois de olhar para baixo. As duas se levantaram. Lizete com mais cuidado, para não escorregar. Abadia comentou.

— Esta sujeira não combina com você.

Abadia estalou os dedos. Todas as manchas de sangue desapareceram, das paredes, do chão e do casal. Os móveis quebrados voltaram ao que eram. A enorme cama baú se limpou. O quarto ficou imaculado. Ela continuou.

— Eu estava para queimar tudo quando vocês chegaram. Vamos, me leve até o carro.

Outro aceno e Felipe começou a flutuar na direção da porta.

Lizete via tudo com uma expressão abobalhada. Começou a caminhar bem devagar, olhando tudo em volta, se esforçando para acreditar. Precisava de uma amiga como essa ruivinha.

— Abadia, quanto você cobra para ser minha diarista?

A piscina ferve

Lizete estava adorando a oportunidade. Ser taxista não era assim tão difícil. Voltou o trajeto com calma, sem a pressão do quase futuro namorado babando enquanto olhava para as coxas dela. Embora ele estar no banco traseiro com a cabeça deitada nas coxas expostas da ruivinha não fosse uma alternativa das mais aceitáveis.

Chegou no estacionamento do condomínio sem nenhum problema. Estava guardando o carro na vaga quando percebeu:

— Não será simples levar Felipe flutuando até o quarto dele. Tem muita gente circulando. Vamos fazer como lá na rua? Como você chamou mesmo? Bolha de invisibilidade?

— Não, usar outra bolha seria demorado e preciso poupar energia. Tem um jeito mais rápido. Eu sei onde fica o quarto dele. Só estou esperando você desligar o carro e tirar a chave.

— Esperando?

Lizete se virou para a ruivinha a tempo de vê-la estalar os dedos. No segundo seguinte estava no quarto, sentada na cama. Abadia do lado ainda servia de apoio para Felipe. Com mais um movimento o rapaz flutuou, dando espaço para ela sair debaixo e arrumá-lo na cama. Outro estalo de dedos e Felipe ficou nu. Abadia estendeu uma coberta por cima dele. Depois cambaleou na direção da sala.

Lizete correu para ampará-la.

— Você está fazendo mágica desde aquela casa. Parece muito fraca.

— Ainda não sintetizei toda a energia da minha última refeição. Pode ficar tranquila. Quando voltar para a varinha e descansar, vou me recuperar.

— Você tirou as roupas dele. Pensei que fosse para se deitar junto e recuperar um pouco de energia. Contato físico, você disse.

— E eu também disse dele precisar mais da energia neste momento. Não vou absorver a dele. Tenho um solário na varinha. A luz solar ajuda a me recarregar. É lento, mas eficiente. Já me salvou quando fiquei anos no chão de uma torre trancada.

— Eu esqueço de você ser uma varinha de madeira. Te vejo como uma adolescente. Quero ajudar. A minha energia serve em você?

— Você está se oferecendo para me alimentar?

Desta vez a expressão de incredulidade estava no rosto da Abadia. Ela arregalou os olhos na direção da morena. Lizete deu um passo para trás, surpresa.

— Corro algum risco? Eu vi as poças de sangue naquele quarto.

— Não querida, é bem seguro para você. Aquilo foi diferente. Eu estava inconsciente, sem controle dos meus atos.

— Mas se você ficar fraca demais, pode acontecer de novo?

— Estou muito longe do ponto crítico. Ainda tenho carga para mais uma coisa. Está na minha memória, mas vai consumir um pouco de energia. Conto com você para me reabastecer.

Quinze minutos depois as duas estavam deitadas na piscina, relaxando com a água aquecida.

Lizete nunca havia visto um local tão lindo e tão aconchegante. Ambas estavam nuas, com Abadia de costas entre as pernas da morena, apoiada nos seios morenos.

— Você não precisa fazer isso, Lizete.

— Não está gostando, Abadia? Minha pele não fornece energia suficiente?

— Isso está ótimo, menina. Sua vitalidade é enorme, estarei recuperada em poucas horas. Estou estranhando porque jamais alguém me alimentou sem pedir nada em troca.

— Não preciso pedir. Vi o jeito como você cuida do Felipe, até mesmo oferecendo a própria energia sem ter. E como ele está amarrado em você. Quase morreu na sua ausência.

— Eu não devia ter feito aquilo, mas não tive tempo de pensar. Quando o Mauro se declarou o meu dono, eu sabia que tudo ligado ao dono anterior seria desfeito. Num ato desesperado juntei todas as minhas memórias e atirei no elo mental. Felipe teve as memórias dele comprimidas num segundo, abrindo espaço para guardar as minhas. Eu tinha esperança de obtê-las de volta, de alguma forma. Tentei avisá-lo mas não houve tempo.

— Isso foi aquele primeiro AVC?

— Tem um efeito semelhante. Como um relâmpago atingindo o centro do cérebro. Um ser humano normal poderia enlouquecer durante o choque.

— Aquele cabeça oca não enlouqueceu. Não tem cérebro suficiente para isso.

— Aí que você se engana, Lizete. Dentro da cabeça dele tem você. Estava lá antes da minha chegada. O amor dele é tão grande como um escudo protegendo as memórias.

— Até nisso se parece com o Capitão América. Mas na volta ele desmaiou.

— Ainda estava fraco do primeiro choque, e tinha minhas memórias pressionando as dele. Deve ter reclamado de dores de cabeça.

— Agora está tudo claro. E eu com ciúmes de você! Posso te pedir uma coisa, fadinha?

— Claro, diga. Seu eu puder ajudar.

— Quero ver o meu corpo. A cópia.

Abadia se levantou, saiu da água e estalou os dedos. Uma segunda Lizete apareceu vestida como no dia da duplicação.

A original também se levantou, analisando a si própria.

— É incrível!

Estendeu as mãos tocando a gêmea. Sentiu a pele do rosto, o volume dos seios, a cintura, as nádegas. Pediu:

— Pode tirar as roupas?

Outro estalar de dedos e a nudez completa da morena se apresentou. Lizete novamente usou as mãos para conferir a veracidade. Estava impressionada. Se ajoelhou e procurou a pinta. Estava lá, quente e escondida. Levantou-se, comentando.

— Sei que sou linda, mas jamais imaginei isso. Nunca me vi por esse ângulo. Espelhos não ajudam. Consegue mudar uma coisa no corpo?

— Lizete, seu corpo é perfeito. Não tem o que melhorar.

— É uma curiosidade. Queria ver como fico com pigmentação escura. Pode fazer?

— Diga onde devo parar.

A pele começou a escurecer. Quando Lizete pediu para parar, era outra pessoa na frente dela.

Lizete estava saltitando e batendo palminhas eufóricas. Sorria como uma criança ao ganhar o melhor presente de natal.

— Sempre quis saber como eu ficaria se fosse mulata. Sou linda demais, adorei. Obrigada, querida, realizou um desejo meu.

Abadia sorriu. Estalou os dedos e voltou a ser a ruivinha. Lizete a puxou pela mão.

— Venha cá, mocinha. Me deixe repor essa energia gasta no meu desejo.

Deitaram-se novamente dentro da água, Abadia entre as pernas de Lizete, mas desta vez ela se virou ficando de frente.

— Estou captando um delicioso aumento na sua temperatura. Está pensando em mais alguma coisa? Não tenho elo mental com você.

— Abadia, você já transou com uma mulher?

— Já, com a Bibi. Mas estava usando o corpo do Felipe.

— Como foi?

— É uma sensação indescritível. Aprendi muita coisa. Só vai saber quando experimentar.

— Tem alguma restrição contra isso? Quero dizer, devido a sua ligação com o Felipe?

— Lizete, eu sou a varinha mágica dele. Existo para fazê-lo feliz. Você faz parte da felicidade dele, então penso ser válido te fazer feliz também. Quer provar agora?

— Eu, não sei. O jeito que estamos, este lugar, você. Estou confusa. Como funciona esse negócio de energia? Mexe com a minha cabeça, como mexeu na dele?

— Não, menina. Nenhuma relação. Você não é minha dona, embora eu gostasse se fosse. O elo mental só pode ser estabelecido com meu dono. Mas o contato físico entre nós funciona muito bem.

— Sentirei alguma coisa quando você estiver carregada?

— Nadinha. Eu estarei alimentada e você poderá ir dormir. Posso te ajudar, induzindo sono e te recuperando.

— Beleza. Preciso ir ver como o Felipe está.

— Não precisa. Eu o estou monitorando pelo elo mental e estimulando o sono. Ele vai dormir por toda a noite. Você está parecendo assustada, querendo fugir de mim. Deixe te contar uma coisa. Só absorvo partes da sua energia vital, para não te prejudicar. Quando estou saciada eu devolvo os excessos.

— A sua energia em mim faz o quê?

— Restaura suas células. Funciona como um elixir da juventude. Doses regulares e nunca terá queda de cabelos, unhas quebradas ou estrias.

— Nunca terei estrias?

— Nunca, enquanto receber minha energia.

— Conseguiu me conquistar, vampirinha. Venha sugar minha vitalidade. Mas me devolva as sobras.

Lizete suspirou, estendeu as pernas e envolveu as da Abadia. Em resposta a fada a abraçou bem apertado, procurando mais pele para fazer contato. Os lábios, de cima e de baixo, se uniram num beijo profundo, selando o acordo com duração indeterminada.

Felipe acordou com a luz do sol, ouvindo barulhos de água agitada no banheiro. Quando abriu a porta deu de cara com o paraíso. As duas mulheres da vida dele rolavam abraçadas dentro da piscina, como se o mundo não existisse. Estava descansado e sem sono. Foi sorrindo para o meio delas.

A escolha

Era o final da tarde. Abadia havia alterado novamente o tamanho do banheiro, usando o excesso de energia obtido de Lizete. Afastou o jardim para mais longe da piscina e acrescentou mais duas espreguiçadeiras de praia. Uma claraboia mágica no teto permitia receber a luz vertical do sol, simulando a metade do dia, mesmo estando o banheiro dentro de um apartamento no sexto andar do prédio com vários apartamentos em cima. No lado de fora começava a escurecer, anunciando a noite.

Lizete experimentava o conforto inexistente na piscina do condomínio.

As duas estavam acomodadas nas espreguiçadeiras, aguardando Felipe chegar do trabalho. Lizete usava roupas de malhar, um short e um top, relaxando desde o almoço. Felipe havia comprado filés de peixe no meio do dia, reforçando o clima de praia.

Abadia, em outra espreguiçadeira, estava com o roupão branco e óculos de sol emprestado por Lizete, deixando metade das pernas cruzadas aparecerem pela abertura. As duas brilhavam, depois de um banho de óleo bronzeador, aplicado por uma nas pernas da outra. Abadia caprichou na pinta.

Ouviram o tilintar das chaves de Felipe, quando ele chegou. Entrou no aposento, beijou cada uma, e foi logo ocupando a terceira espreguiçadeira. Não estranhava mais nenhuma alteração na decoração.

— Vocês não imaginam como foi difícil trabalhar hoje. Todo o pessoal lá no ponto queria saber sobre o meu AVC fajuto. Ouvi todo tipo de conselho, até para parar de beber. Só pensava em vocês duas sozinhas aqui.

Lizete retrucou:

— Nós ficamos muito bem. Vocês precisavam de uma mulher de verdade para pôr ordem nessa bagunça. Não pensamos em você nenhuma vez! Veja como ela está brilhando de satisfação.

— Minha fada está dizendo na minha cabeça para não acreditar. Você falou de mim o tempo todo.

— Convencido. São dois fofoqueiros. Isso de telepatia devia ser proibido.

Abadia abriu o sorriso espetacular.

— Adoro quando ele me chama de *minha fada*. Fico toda arrepiada.

— Felipe, se ela é sua fada, sou o quê?

— É minha vida. Ou melhor, a louca da minha vida.

— Você ainda não viu a louca, pode esperar!

As brincadeiras foram interrompidas pelo toque da campainha.

Abadia fez menção de se levantar.

— Quer que eu vá? Posso usar o seu corpo.

— Não, Abadia. Se estou aqui eu mesmo atendo.

Felipe foi para a sala, tomando o cuidado de fechar a porta do banheiro depois de passar. Nem sequer usou o olho mágico, instalado para a altura da ruivinha. Quando abriu a porta, foi atacado. A loira se atirou nos braços dele, dando um beijo de arrancar línguas.

Quando os lábios se separaram ele conseguiu dizer:

— Bibi!

— Claro que sou eu, seu tonto. Que saudade! Tenho uma boa notícia. Meu avião só sai amanhã na hora do almoço. Temos a noite toda!

Para ele, a notícia soava estranha para um reencontro depois de dez anos. Ela não sabia do falso primo com quem esteve poucos dias antes.

— Bibi, é maravilhoso ter você aqui. Meu coração está disparado. Mas preciso te falar uma coisa. Venha comigo.

Ela sabia da piscina. Achou completamente normal ele segurar a mão dela e a levar para o banheiro. O problema estava lá dentro.

— Felipe, você não falou de estar acompanhado. E por duas? Eu vou embora!

Duas lágrimas ameaçaram fugir dos olhos dela.

— Espere, Bibi! Não vá embora antes de me ouvir.

Ele pensou num desejo e dirigiu o pensamento para Abadia.

Bibi começou a flutuar, meio metro acima do chão, balançando os pés no ar, como se não tivesse peso.

Ela arregalou os olhos, desconcertada.

— Mas o que é isso?

— Isso é mágica, Bibi. Para você não sair correndo. É a Abadia quem está fazendo, para atender um desejo meu.

Abadia acenou, se identificando. Felipe prosseguiu.

— Ela é a minha varinha mágica, vestida num corpo humano para atender outro dos meus desejos. É isso que ela faz, realiza meus desejos.

Bibi parou de agitar as pernas, impotente para sair daquela situação. Ouvia com atenção e expressão de emburrada misturada com incrédula. Felipe continuou.

— Anteontem eu passei mal, quase morri. Lizete abandonou tudo para cuidar de mim. Não sei como teria sobrevivido sem a ajuda dela.

Foi a vez da morena acenar.

Bibi engoliu o choro e conseguiu falar.

— Por que não me chamou ou a minha mãe? Teríamos vindo correndo.

Foi Lizete quem respondeu.

— Ele bateu a cabeça, Bibi. Parecia um AVC. Os outros motoristas do ponto podem confirmar. Ficou maluco, sem dizer coisa com coisa. A Abadia não estava disponível na hora, com problemas mágicos. Quando voltou, ela o curou.

Eram meias verdades, mas Bibi acreditou.

— Desculpem, quando vi vocês eu pensei bobagem. Estou mais calma, podem me soltar.

Desta vez foi Abadia quem respondeu.

— Você pensou bobagens certas. Nós duas estamos com o Felipe. A felicidade dele é tudo o que nos interessa.

Os olhos de Bibi marejaram de novo.

— Obrigada pela sinceridade. Vou deixá-las em paz.

Abadia continuava mantendo-a longe do chão. Lizete precisou se intrometer.

— Bibi, está entendendo tudo errado. Queremos a sua presença. Pode dormir com o Felipe, se casar com ele, ter filhos, qualquer coisa. Só não pode afastar ele de nós.

A loira arregalou e enxugou os olhos, incrédula.

— Mas... Então...

Felipe considerou suficiente.

— Você faz parte da minha vida, Bibi. É importante continuar sendo. As duas sabem disso. Eu não podia te esconder a verdade.

— Eu posso ficar mesmo? Me desça.

— Não vou te pôr no chão. Vou te pôr na minha cama, lá no quarto. Se você quiser.

Ela pensou por um minuto nos planos imaginados nos últimos dias. Ter o primo com exclusividade seria ótimo, mas tinha experiência com grupos. Aquelas duas presenças inesperadas podiam ser um tempero diferente. O visual delas ajudava muito. Balbuciou:

— Quero!

Felipe a abraçou pelas pernas, inclinou o corpo dela sobre um ombro e começou a andar para fora do banheiro. Falou baixinho, carinhosamente:

— Abaixe a cabeça, tem duas portas. A do banheiro e a do quarto.

Abadia esperou outro minuto e confirmou para Lizete:

— Chegaram. Operação levitação encerrada. Gostei dessa ideia do Felipe. Qualquer dia faremos isso com você.

— Sei, então agora qualquer um vai abraçar minhas pernas, mocinha? No caso do Felipe, pode ser amanhã?

— Vista um biquíni. Ele vai passear com você pelo apartamento todo.

— Por falar em amanhã, os dois ficarão ocupados até o dia nascer. Como vamos passar a noite? Não tenho um pingo de sono e nem quero voltar ao meu apartamento.

— Sugiro um banho de piscina à luz do luar, para começar.

— Lá fora o céu estava fechado hoje á tarde. Agora deve estar escuro como breu.

— E isso é problema? Tenho uma lua só nossa. Qual fase você gosta mais?

— Está maluca? Eu aqui, sozinha com uma vampira sugadora de energia e uma lua sobre minha cabeça? Pode ser a crescente, lua cheia nem pensar.

— Se está com medo, eu posso te abraçar.

— Ah, bom! Então dispenso a ajuda daquela loira.

— Notou os olhares dela para o seu lado, Lizete? Se fosse você a rebocá-la para o quarto, ela teria aceitado de boa.

— Deve ser a minha linda personalidade magnética. Me faria ficar grudada naquelas pernas. Vem, vampira, me deixe provar esse banho de lua. Só não quero molhar essa roupa.

— Eu resolvo isso.

A fada estalou os dedos fazendo as roupas das duas desaparecerem para ressurgirem dobradas no vestiário.

Lizete suspirou.

— Adoro gente prática.

Massagem

Uma semana depois, no sábado, três mulheres tomavam banho de sol nas espreguiçadeiras, curtindo a preguiça depois do café da manhã. Bibi havia retornado da Argentina, com os negócios encaminhados. Estava ansiosa para passar mais alguns dias no apartamento do primo, na companhia das novas amigas.

Todas as três vestiam biquínis minúsculos. O branco usado por Abadia foi emprestado pela Bibi, pois a fadinha ainda não tinha roupas próprias.

O clima reinante era de ócio. Bibi puxou o assunto:

— Quando minha mãe chegou, Lizete?

— Ontem, ao anoitecer. Veio visitar o Felipe e soube do AVC pelo porteiro. Mesmo com uma semana de atraso, estava muito preocupada. Abadia, como está o Felipe?

A fadinha se concentrou no elo mental.

— Ainda entupido de cremes. Ela espalhou tudo com o corpo. E que corpo!

Bibi estava nervosa por ainda não ter visto primo.

— Você consegue ver pelos olhos dele?

— Não, Bibi. Só vejo as memórias. Essa está bem vívida.

— Minha mãe me contou conhecer massagem tailandesa. Deve ser isso. Mas não demora uma noite inteira.

Lizete apaziguou, levantando-se e se sentando ao lado da ruivinha, passando o braço pelos ombros dela. Se virou para a loira.

— Meninas, deixem o Felipe ser feliz. Abadia me contou sobre o trauma de infância dos dois. Ele e a tia precisavam resolver isso logo.

— Ele vai sobreviver, Lizete, eu garanto. Estou enviando ondas de energia recuperadora regulares, pelo elo mental.

Bibi observou:

— Isso pode se tornar um problema. Minha mãe pode ficar viciada. Ela sempre gostou de homens mais jovens, e agora encontra o nosso Felipe. Meu pai vivia se queixando disso, mesmo depois de separados.

Abadia continuava concentrada:

— Ela tem um corpo muito bem conservado para a idade. Com algumas horas comigo, a camada de pele superficial seria regenerada e as linhas de expressão retiradas. Ela nem precisaria mais de maquiagem.

— Acho difícil ela topar, Abadia. Você é linda, mas o negócio da minha mãe são os rapazes.

Lizete levantou a mão, atraindo os olhares das outras duas.

— Tenho uma solução. Se Abadia pretende ser humanitária, ela pode vestir o corpo do Felipe e trocar energias com a tia. Deixa o original para nós. Só em algumas visitas, claro, tipo uma vez por mês. O que acha, vampira?

— Você sabe, eu não tenho escrúpulos quando se trata da felicidade do meu dono. A tia com um corpo renovado vai fazê-lo bem mais feliz. Por isso aceito vocês duas. Três não mudará nada.

— E você ganha mais um corpo para se alimentar. — A observação ferina foi da Lizete.

— Lizete, eu preciso disso! Não sou humana e nem mulher. Sou uma varinha de madeira alimentada pela energia de vocês.

Lizete se ajoelhou ao lado dela, segurando o rosto da fadinha com as duas mãos.

— Me desculpe, meu amor. Não tive intenção de ofender. Sou uma estúpida. Mas vamos falar sério. Nunca mais diga essas coisas. Você é uma mulher sim, linda e maravilhosa. O jeito como cuida de nós, sempre atenciosa, preocupada com a saúde do Felipe e com a minha, isso é coisa de mulher. Só mulheres são carinhosas assim. Confesso ficar assustada um pouco. Sei do perigo de virar uma múmia ressecada a qualquer momento, se você se descontrolar. Essa sua aura de perigo e mistério, é coisa de mulher. Funciona muito bem comigo. Fico excitada só de me aproximar de você, querendo me jogar nos seus braços o tempo todo.

Duas lágrimas ameaçaram rolar dos olhos da fadinha. Lizete continuou:

— Eu vi você desprezar a própria vida para ajudar o Felipe. Esse é só um exemplo de humanidade. Quando me ofereci para te alimentar eu estava com vergonha de mim mesma. Eu posso ter nascido humana, mas nem chego perto de você. Acredite em você mesma, Abadia, como eu acredito! É mulher e é humana!

As lagrimas despencaram. Abadia abraçou a morena sem palavras para responder. Lizete falou no ouvido dela:

— Essas lágrimas só confirmam tudo. Cuide para serem sempre de alegria.

Bibi observava, também com olhos marejados. Questionou, para não chorar:

— Eu cheguei agora, meninas. Como funciona isso de alimentar uma fada?

Lizete continuava abraçada, acariciando os cabelos de Abadia.

— Ela se alimenta da nossa energia vital. Precisa de contato físico, pele com pele.

— Quero participar. Abadia, quando desejar, estou pronta. Você já conhece o meu sabor.

A fada desfez o abraço, encarando Bibi.

— Você sabe!

— Desconfiei. Quando estive com Felipe aqui nessa piscina, na primeira vez, era você, certo? Foi muito bom, mas notei timidez e falta de experiência. A outra noite com o Felipe de verdade foi bem diferente. Ele me falou das suas capacidades. Agora entendo.

— Está chateada?

— Estaria, se não tivesse conhecido vocês duas. Quero repetir com você, se topar, nesse seu corpinho mesmo. Posso te ensinar muita coisa, sobre homens e sobre mulheres.

— Vocês não são minhas donas, mas merecem minha proteção eterna. Podem pedir qualquer desejo, eu realizo.

Lizete abriu um enorme sorriso:

— Você já está realizando, meu amor. Sinto na pele. Nunca mais ter estrias já é um sonho.

— Ei, vocês não me contaram sobre isso!

— Funciona assim, Bibi. Ela absorve nossa energia até ficar saciada. Depois nos devolve o excesso. Em nós funciona como um elixir da juventude, curando e prevenindo qualquer coisa. Se dormir com ela, sua mãe ficará com corpinho de adolescente.

— Eu gasto fortunas por ano com cremes e óleos para o corpo. Abadia, quero dormir com você esta noite, depois de ver o Felipe. Lizete pode vir junto.

— Bibi, ela vai adorar um sanduiche!

— Quem não adora? Podemos nos revezar como recheio.

Ouviram um barulho na porta do banheiro. Felipe apareceu. Bibi se levantou para recebê-lo com um beijo na boca. Lizete voltou para a espreguiçadeira.

— Vejam quem apareceu. Nosso belo adormecido! Minha mãe te soltou ou você fugiu dela?

— Não sabia de você aqui, Bibi. Teria levantado mais cedo. Ela está dormindo.

Lizete interrompeu.

— Lembrei de uma coisa. Preciso fazer compras. Querem ir ao Shopping comigo enquanto é cedo? Voltamos em duas horas e podemos trazer o almoço. Assim todas ficamos livres pela tarde toda.

Felipe ponderou.

— Eu ficarei por aqui. Não tenho paciência para compras femininas e a tia pode acordar. Vão vocês. Lizete, quer levar o carro?

A morena arregalou os olhos com a mudança de atitude.

— Agora confia em mim?

— Se não confiar nas minhas protetoras, vou confiar em quem? Mas tome cuidado. Vai levar meu bem mais precioso.

Ele falou olhando para a fadinha.

— Não se preocupe. Não pretendo roubar sua varinha mágica. Se fosse roubar algo, eu deixaria a varinha para você e levaria a Abadia só para mim.

Bibi captou a mensagem.

— Caramba, que declaração!

Lizete enrubesceu ao entender, depois de ter falado. Tentou consertar.

— Quero dizer, sempre quis ter uma irmã. Imaginem eu desfilando no Shopping com minha gêmea.

— Não precisa explicar, Lizete. Nós entendemos. — Bibi tinha uma expressão divertida.

Abadia tinha os olhos brilhando, percebendo o aumento de temperatura no rosto e no corpo da morena.

Felipe mudou de assunto.

— Abadia, leve meu cartão de crédito para comprar algumas roupas. O limite é baixo, então não abuse.

Lizete completou.

— Eu sei onde achar roupas mais em conta.

Bibi contrapôs.

— Nada disso. Uma mulher como ela merece roupas das melhores lojas. O meu cartão tem um limite bem alto, e posso gastar todo o valor reservado para cremes, depois do nosso acordo.

Abadia olhava de uma para outra, sem acreditar. Os olhinhos dela se encheram de lágrimas, de novo.

— Vocês vão fazer isso por mim?

Lizete confirmou.

— É nossa vez de fazer mágica com você, meu bem. Agora precisamos te vestir para ir ao Shopping.

Bibi entendeu. Falou para Lizete:

— Minha mala está na sala. Tenho algumas roupas que servirão nela. Uma saia, blusa, botas e até calcinha na embalagem. Só não tenho um sutiã pequeno. Os meus ficarão enormes e horríveis.

Felipe saiu para buscar a mala.

— Ela não precisa, Bibi, se a blusa não for muito transparente. Imagina, nós três juntas desfilando pelo Shopping. Aquele lugar vai implodir. Vamos arrasar.

— Seria mais simples explodir o lugar. Querem que eu faça isso?

— Não, Abadia. Mas seria até interessante. Deixa para outro dia, quando eu levar minha irmã gêmea. O Shopping vai explodir sozinho.

Bibi sorria, se divertindo com as brincadeiras. Perguntou.

— Lizete, vamos mesmo no carro do Felipe?

— Olha, depois que Abadia destruiu o machismo dele, Felipe come na minha mão.

O rapaz voltou trazendo a mala. As três começaram a separar roupas. Quando chegaram num acordo, Lizete completou.

— Adorei estas. Vão ficar ótimas. Fadinha, estale esses dedos e nos vista para sairmos. Quando voltarmos vamos mostrar a nossa nova suíte para a Bibi, agregada ao quarto principal. Ela será muito bem recebida quando estiver na cidade, naquela enorme cama baú.

Felipe se manifestou.

— E eu? Já se esqueceram de mim?

As três se revezaram dando beijos na boca dele. Lizete parecia a mais excitada.

— Meu amor, não tem como te esquecer. Todas nós estamos aqui por sua causa. Vamos transformar sua vida como você nunca imaginou.

Abadia observou.

— Lizete, do jeito que fala, daqui a pouco você vai admitir estar apaixonada pelo Felipe.

— Apaixonada, eu? Talvez. Por ele também.

Clovis Nicacio

Epílogo

— Capitão, a pesquisa não deu em nada.

— Mais uma. Isso já está virando rotina.

O escritório da agência de Segurança Privada parecia mais agitado, com a sobrecarga de trabalho. Todos estavam empenhados em esclarecer o sumiço de seis agentes e um cliente. Dez dias depois do ocorrido e estavam sem nenhuma pista.

A teorias bizarras surgiam a cada dia. O Capitão refutava cada uma delas:

— Não acredito em deserção. Eram bons agentes. Tinham família e nenhuma foi contatada.

O sargento responsável pela equipe desaparecida tentava encontrar um nexo.

— Sabemos que estiveram numa boate e retornaram para a casa do ricaço. Os carros estavam lá, sem nenhum sinal de violência ou arrombamento. Mas a limusine do homem desapareceu, como se nunca tivesse existido.

— Todos eles desapareceram como se nunca tivessem existido.

— Alguns agentes estão dizendo que o ricaço era um alienígena e os levou para o espaço.

— Sargento, sempre que alguém desaparece essas teorias de abdução ressurgem. Em qual evidência estão se baseando?

— Na total falta delas. O passaporte era falso, embora não tenhamos percebido. Não existe nenhum Ricardo Mastroiani, já conferimos. A casa está no nome de um chaveiro, uma pessoa comum. Negou conhecer qualquer pessoa com esse nome. Não viu nada diferente dentro da casa. Móveis simples, tudo muito limpo, sem nenhuma evidência de ter sido habitada por alguém com dinheiro.

— Pois ainda penso que eles estão em algum lugar, gastando a fortuna junto com o ricaço. O homem sabe se esconder. Temos alguma coisa do perseguidor dele?

— Me parece mais uma cortina de fumaça. Um homem branco, bem-apessoado, cerca de 25 anos e se passando por taxista. Se dispararmos um alerta vamos obter milhões de suspeitos.

— Sugiro esquecer o ricaço, o perseguidor e os discos voadores. Vamos manter o alerta para os nossos homens. A qualquer momento um deles vai aparecer. Se continuarmos investigando no escuro, daqui a pouco estaremos perseguindo fadas e varinhas de condão...

Sobre a Casa do Escritor

A Casa do Escritor é uma consultoria que presta serviços e auxilia escritores no processo de produção, publicação e lançamento de seus livros.

Conheça os livros publicados e saiba mais em
casadoescritor.com.br